坂口恭平のぼうけん 第一巻 坂口恭平著 土曜社

2004 / Dec / 10

装画・挿絵——坂口恭平

坂口恭平のぼうけん

第1巻

2004年

THE ADVENTURES OF KYOHEI SAKAGUCHI
by
Kyohei Sakaguchi

もくじ

冒険のはじまり

はじめまして、坂口恭平です。今からはじまる「坂口恭平のぼうけん」は、七年間に渡る僕の日々の記録が記された長い物語。この本はその第一巻にあたります。

ちょうど今から十年前、二〇〇四年に僕は日記を書きはじめました。当時、二十五歳。大学を卒業したものの、就職はせずに「自分の考えていることを伝えていきたい」と思っていましたが、周囲の人々からは夢想家として笑われてました。そりゃそうです。建築家になろうと大学へ行ったのに、資格も取らず設計もやらず、他に何か取り柄があるわけでもなく、器用ではありましたが、器用貧乏まっしぐらの毎日でした。

妻となるフーとは、二〇〇一年に出会っています。彼女の天真爛漫で前向きな精神は、原因不明の憂鬱な気分（後に躁鬱病と診断される）を晴らし、夢想家と笑われていた僕が行動する原動力になりました。

この物語は、そんな夢想家が行動を起こすところからはじまります。築地市場、新宿ワシントンホテルのラウンジボーイとバイトを転々としながらもなんとか自分の特性を生かした生き方がないかと模索していたある日、僕はフーからの助言により出版社へ初めての売り込みを実行することになります。路上生活者の家を調査した卒業論文を写真集として出版できるのではないかと考えたのでした。

しかし、僕は出版に関して全くの素人。どんな出版社がいいのか、印税などはどのように設定するのか、果たして売り込みなんか受け入れてくれるのか。何も知りませんでした。そこで、僕は高校の同級生の女の子オニに電話で聞くことを思いつきます。彼女は高校時代、僕に色々と面白い本を紹介してくれる物知り博士だったのです。

数日後、オニは「リトルモアという出版社だったらあなたの作品を気に入るかもしれない」と電話で教えてくれました。僕は夢想家でしたが素直でもありましたので、彼女の言う通りそのままリトルモアに持ち込みました。二〇〇三年のことです。何度か断られましたが、リトルモアしかないとオニに言われていたのでしつこく電話をした結果、見てもらえることになり、なんと出版されることになったのです。

二〇〇四年三月二十五日、坂口恭平は生まれてはじめての本を出す興奮に包まれています。今読むと、勘違い甚だしいところも随分ありますが若気の至りとご勘弁を。青山学院大学で見つけてきた弟の同級生佐藤直子さんに英語翻訳を五万円で強引に引き受けてもらい、海外での販路も拡大しようと野望を抱いたりしています。躁状態に入っていたのかもしれませんね。

物語は、処女作「0円ハウス」の営業活動をするために、自腹でパリへの航空券をどうにか購入したところからはじまります。旅日記の中には登場していませんが、一人じゃ不安なのでもちろんフーも付いてきてくれてます。

多少力が入りすぎている二十五歳の坂口恭平によるドタバタ冒険活劇。まもなくはじまりはじまり。

坂口恭平のぼうけん

さくとえ　坂口恭平

主な登場人物

坂口恭平　二十五歳のフリーター。早稲田大学理工学部建築学科卒業後、築地市場で働き、現在、新宿ワシントンホテルの喫茶店「ボンジュール」のボーイ。時給千円、月給一五万円。高円寺駅徒歩五分、家賃二万八千円の四畳半に住む。リトルモアから処女作「0円ハウス」が出版されることになり、ホームページを立ち上げたが、パソコンを持っていないので毎日一時間だけインターネットカフェで日記更新をはじめる。

フー　坂口恭平の一つ上。立教大学卒業後、ジュエリー専門学校で彫金などを学ぶ。代官山にあるアクセサリーショップでデザインの仕事をしている。実家は横浜・戸塚。二〇〇一年に坂口恭平と出会い、付き合いはじめる。天真爛漫・バイオリズムにもブレがない。安定感抜群の女。

親父　坂口恭平の父。NTT勤務。転勤して五年程前から東京暮らし。坂口恭平の良き理解者でもあるが、母ちゃんの前では「就職しなさい」と威厳のある父親を演じる俳優でもある。所持金は基本的に少なく、お小遣いを貰えることはまずない。基本的に優しく、怒られた記憶がない。

亮太　一つ下の弟。坂口恭平に本やCDを供給してくれる小さい頃からの文化的兄貴分。大学卒業後は、出版社に勤務し、いっぱしの編集者になろうとしている。坂口家の中でも編集者的立ち位置で取りまとめてくれる。坂口恭平作品の最初の理解者でもある。

タンゴ　フーの高校の同級生であり、坂口恭平の大学時代の友人。坂口恭平とフーが出会うきっかけになったキューピッドでもある。パリに留学中。坂口恭平がパリに行った時の居候先でもある。好奇心が旺盛で、坂口恭平が観に行くものは大体付いてくる。

林弘康　坂口恭平が大学時代二年間暮らした埼玉県の寮の先輩。音楽・美術・哲学などを教えてくれた人でもある。現在は岐阜の実家に戻り、写真家として活動中。時々、僕に電話してきては哲学的な語りをしてくれる。

原さん　インディペンデント・キュレイター。現代美術フィールドだけでなく、建築の仕事も含め、おそらく初めて坂口恭平の仕事を評価してくれた人。二〇〇一年に妻有トリエンナーレのパーティー会場で出会い、その後、一緒に世界中で仕事をするようになっていく。

紅（くれない）さん　目黒に住む魔女。九〇年代頃、パリでギャラリーを運営しており、現代美術にとても詳しい謎の女性。坂口恭平は海外へ行くときはいつも彼女に情報を教えてもらう。世界中にネットワークがあり、とても心強い存在。

滝田さん　パリで暮らす日本人芸術家。紅さんの紹介で出会った。滝田さんは芸術家でもあるが、仕事として翻訳もやっており、通訳をいつもしてくれた。美味しいところに詳しい。酒飲むのが大好きなパリジャポネ。

浅原さん　出版社リトルモアの社員。昔は、かなりやんちゃだったらしい。坂口恭平の作品を気に入ってくれて、無名にも関わらずオールカラー二百頁の写真集を一緒に作ろうとしている編集者。バイトの川井君がサポートで時々入る。

矢部さん　当時、週刊朝日副編集長。処女作「0円ハウス」の可能性を早くから感じてくれて、すぐにインタビューをしてくれた人。後に坂口恭平に本の執筆のきっかけを与える。

佐藤ケイ　坂口恭平に初めて仕事を依頼してくれた狂人編集者。ロンドンで出会った仲間たちの知人。彼自身もロンドンに留学している。面白い人なのだが、よく現代社会でやっていけるよなあと思えるような狂気がときどき垣間見える。

ホウ・ハンルゥ　パリで活躍する中国人キュレイター。ベニスビエンナーレの芸術監督も担当したことのあるインテリ。かつ、若い無名の芸術家にどんどんチャンスを与える狂気の人。坂口恭平とはある芸術祭のコンペ面接会場で出会う。坂口恭平の欧州遠征のきっかけを作った人物。

ナンペイ　ロンドンで活動する写真家。坂口恭平とは二〇〇一年ごろにクラブで出会って意気投合。ロンドンへ移住したので、今回は居候させてもらいにいく。

アントニー　FMフランスのジャーナリストであり、ノイズ音楽家。坂口恭平とはパリのジャズクラブで偶然出会う。それ以来、パリに行ったらよく会う親友となる。

アナヤンシ　アルゼンチン出身パリ在住の元気な女の子。彼女が働いていたスイス文化センターで偶然出会い、意気投合。クスクスが大好き。元気すぎてついていけないが、今でも付き合いがある。

二〇〇四年

恭平、パリに行く

三月二十五日（木）

四月十五日からパリに行くことになった。

本屋に自分の本を売り込みに行ってみようと思っている。

滞在は一ヶ月の予定。

フランスにいく理由はもう一つあってそれは、「シュヴァルの理想宮」を見にいくことだ。

郵便配達夫であったシュヴァルは、一八七九年四十三歳のある日、配達の途中に石につまずいて転びそうになった。

その石を掘り出してみると、あまりにも不思議な形をしていた。

それに魅せられた彼は、以来三十三年間手押し車を押し、道に転がっている石を拾い集め、長い間夢に描いてきた夢の宮殿を作り続けた。

そして彼は現実に不思議な建築を作り上げる！

私は、この建築を十代後半に知り相当にショックを受けた。

もうすごいのですよ。ほんとに。

でこれを今度は、撮りたいのです！

ＢＧＭ——Sun Ra and the Solar Arkestra / Space Is the Place

三月二十六日（金）

リトルモアで浅原さんと打ち合わせ。

パリに行く前に本を完成させたいけどちょっと難しいかも。

どうにか印刷所に頑張ってもらわないと。

今回本を作って、一言で紙といっても相当種類があり、紙質がちょっと変わるだけで色の乗り
ぐあいから何から変わってくることがよく分かった。

だけど今回はそこまできちんとこだわっていきたい。

写真を自分で撮って、文章も書いて、レイアウト、紙選び、表紙のデザイン、サイズの決定、
本が出来上がるまでには様々な過程がある。

それらが絡み合ったものが「本」である。

作家はすべての工程を創造すべきだと思う。

この本ではそれがうまくいってるように思う。

最後まで手を抜かずやらないと。

ヘンリー・デイヴィッド・ソローの「森の生活」を久しぶりに読む。

いつかこれを僕なりに解釈して実際に日本で再現してみるつもりだ。

「Pet Sounds」を聴く。

三月二十七日（土）

今日は、本につける帯の文を考えていた。

まだ帯はつけない予定なのだが、もしつけるとなると、どうなるのかと思って考えている。

僕はこの本を通じて何を言おうとしているのか。

完全には分かっていない。

中身は日本の野宿生活者の家の写真なのだが、これを読者に伝えたいだけではない。

この本を読んで全ての人に家を建てたいという欲求があることに気付いてほしい。

しかも単に家を作りたいだけでなく、自分が住みたいように、自ら工夫して他では見た事がないようなものをつくりたいと思っているはずだ。

何千万円という大金を払って手にいれるような商品では決してない。

自分で作れば、お金をかけずに、自分にしかできない家が出来上がる。

それは家というものを超えて、人間の精神性が全体として浮かび上がるはずだ。

そんな家が並ぶ街並をいつか歩いてみたい。

……などと夢想しながら私はこの本を作った。

三月二十八日（日）

目黒の紅（くれない）さんとこに行く。

彼女は以前パリで「Zekou」というギャラリーを開いていた。

二十代にメキシコで生活していたせいか、目黒の自宅は、メキシコの山の奥のように見える。

彼女の不思議な魅力に自然と人が集まり紅特製の料理によって会話が弾む。

私が彼女と会ったのは友人の紹介なのだが、その友人も当時二十歳の私がヒッチハイクしていた時に車に乗せてくれた人だ。

こういう出会いは、偶然では起こらないという確信がある。

そんな彼女が、パリの知り合いを紹介してくれた。

アーティストのジェイコブ・ゴーテルとジェイソン・カラインドロ、芸術書のディーラーをやっているパトリス・ジュディと奥さんの裕子さん。

本当に感謝します。どうにか展覧会ができるように頑張りたい。

日本でも出版と同時に展示をしたいのだが、こちらはあまり話が進まない。

出発前には手を打っておきたいのだけどね。

その後、親父と弟と夕飯を食べる。

親父からは旅行資金をカンパしてもらう。感謝。夜は「森の生活」を読み進める。

BGM——Art Ensemble of Chicago / Theme de Yo Yo

三月二十九日（月）

昼に外出。パスポートを都庁に取りに行く。

その後、京橋の映画美学校で上映されている中平卓馬のドキュメンタリー映画「きわめてよいふうけい」を観る。

2004

監督はホンマタカシ。製作を担当しているリトルモアの孫氏と会う。

風景のシーンはやっぱりよかった。

無駄な音は入れずに、生のしゃべり声や物音だけがスクリーンから浮き上がって聞こえてくる。

何気ない近所の風景を新たなる凝視の眼でシャッターを切る中平を、近いような遠いような距離感でとらえるホンマ。

夏の昼寝のような間が全体に入り込んでいる。

小学校時代に公民館でみた映画のような感覚だった。

また、映画美学校の建築自体も素晴らしく、待合室でビールをついつい飲む。

夕方六時からは、リトルモアで浅原氏と打ち合わせ。

着実に進む。レモンスカッシュ、ピザトースト、ツナサンドをご馳走になる。

さらに帰りに最近近所に新しくできたパン屋でチョコクロワッサンを一つ買った。

夜、「森の生活」は下巻に突入。

ボブ・ディランの一九六六年ライブ盤二枚組のアコースティックギター一本でやっている方ばかり聞いていた。

ディランはやっぱりいい。

そういえば今日は目黒川沿いを散歩して、桜を見た。

そして夜も近所を散歩。春の夜の匂いが堪らなく好きだ。

三月三十日（火）

雑誌の話はちょっと長引きそう。

印刷代が高すぎるよ。このブラックボックスはちと手強そう。

五六ページの本にする予定だったが、Ａ１ぐらいの紙一枚の雑誌にしようかなと思っている。

六〇年代に「アーキグラム」という集団がいて、彼らはイギリスの建築学科の学生で、理想の建築像を一枚の紙に美しく描き、世界に配信していた。

全て手書きのドローイングであった。

しかし、その雑誌は、その後、世界中で読まれることになる。

これを学生の頃に知った私は興奮した。

同時期、アメリカではあの「ホールアースカタログ」が出版される。

私は完全にこの時期の出版物のあり方に影響を受けている。

しかし、同じことをくりかえしては意味がない。

2004

彼らの考え方は素晴らしかったが、あまりにもシステマティックすぎたと思う。

誰もがドームなんかに住むはずがなかったのだ。

これから私が伝えていきたいことは一つの解答なんていうものは存在しないということだ。

それぞれの人間がそれぞれのやり方をみつけていく。

生活の仕方が無限大にあるという前提からその中に含まれる共通点を認識しあい、それぞれを高めていく。

当面の私のテーマである「家」「生活」という観点から表現していきたい。

三月三十一日（水）

印刷所に電話しまくる。

中野の印刷所でいいところを発見！

A1サイズで片面をオフセット印刷、三〇〇部で九万円。

ポスター式の雑誌でいこう。

本の出版、展覧会とシンクロさせて発売予定。

0円ハウス簡単キットみたいなものに仕上げる予定。

これを見てつくればあなたも簡単に0円で家が作れます！　乞うご期待。

四月一日（木）

浅原氏と打ち合わせ。今日は、印刷の色見本が出稿されてきた。
まずまずの出来映え。思わず興奮状態に入る。
本が出来上がっていくのはこうも興奮するものなんかー。実感する。
大体の印刷方針が固まった。
それに合わせてパリに行く前に自分でやれるところまでやっとかねば。
展覧会の準備、雑誌の製作、そして0円ハウス実寸模型。
やることが整理されていないので、パニックになってるが。
夜は行きつけのタイ料理屋が移転オープンしたので食べにいく。
内装は前のほうがよかったが、味は抜群でした。
阿佐ヶ谷の一番街にあるマニリンというお店です。
深夜、キュレイターの原さんと連絡をとった。
展覧会の会場探しのアドバイスを求める。

忙しいのに話をきいてくれ、感謝。

また雨降ってきた。桜散っちゃうのか。

BGM——Them / It's All Over Now, Baby Blue

四月三日（土）

0円ハウスで取り組んできたことを今後どのように展開していくかを考えている。

展覧会でそれを形にしていきたい。

実寸の0円ハウスを展示しようというアイデアが浮かぶ。

そして、0円ハウスの図面、製作方法を載せた取り扱い説明書のようなものを作って販売しよう。

0円ハウスの元になった東京と大阪、名古屋の路上生活者の記録図鑑「東京ハウス」「Road In」の二冊の本も展示する。

写真、建築、本、図面と様々な角度からとらえた立体的な展示ができればと思う。

だけど、場所がなかなかみつからない。ちょっとあせりが出てくる。

四月四日（日）

中野でバーズの「Turn! Turn! Turn!」を買う。

今、ボブ・ディランのカバーをしているバーズとゼムのことが気になっている。

アシッドフォークもそうだが、ロックもまた違う角度から聴こえてくるようになってきた。

同じ音楽を聴いていても、日によって聞こえ方が変わってくるのはなぜだろう。

深夜、ゼムの「It's All Over Now, Baby Blue」を聴いていると、それはいつも聴いているロックの音として耳に入ってくるのではなく、電気的な信号に変換されて脳髄を緩やかに刺激してくる。

その瞬間、何かに気付いた気がするのだが、また次の瞬間、その何かはフッと姿を消す。

そして、耳はいつもの耳に戻り私もいつものように音楽を聴く。

その何かはいつまでも掴めず自分をじらすのだ。

夜、ＮＨＫで空海の特集をやっていた。

私は密教にはそこまで興味はないのだが、彼の行動、考え方、手法などには驚かされる。

彼は仏教という手段を用いて自分の思想を具現化していったように思う。

自分だけ修行を行い、一人悟りを開くような人ではなかったのだろう。中国で大人数の人手を使ってすばやく仏典を写し、それを日本に持って帰り、高野山に一大仏教都市を作る姿は宗教人というよりは、編集者やプロデューサーのような印象を受ける。仏教だけでなく、絵画、彫刻、音楽など全ての要素を高めることで、自分、そして日本人全ての感覚を広げようという考え方はこれからの私にも影響をあたえそうだ。

四月五日（月）

午後から、島忠でブルーシートとスプレーを購入。

0円ハウスの書店用のポスターを製作。

本物のブルーシートでやろうと思っているが、ちょっと失敗したので明日もう一回。

夜、恵比寿でフーとまゆみんと会合。パリの道案内を受ける。

帰ってきてからは、フィッシュマンズのライブビデオを鑑賞。

凄い。Jポップという枠組みを超越しながらもその輪郭を残しているようなバンドは他の日本人には見られないだろう。

そのバランス感覚には衝撃を受ける。

ダブがルーツであるが完全にオリジナルの音を出している。オリジナルのものをつくるにはどうすればいいかという事で、ドイツのバンド「CAN」のダモ鈴木がこう言ってた。

「自分たちができることを、誰の真似でもなく全部出せた時、自分たちだけの音が発生する」

四月六日（火）

昨日失敗したポスターは完成！

だけどこれを書店の人は飾る気になるだろうか。

なにせブルーシートそのままです。

ネットで南方熊楠の生家の写真発見！

今度は、南方の家を撮りたい。南方の生き方にはずっと影響されてきた。

彼こそ唯一人間のすべての要素を使って表現しようとした人である。

彼には肩書きが無い。というかそんなもの必要ない。

彼は全てに興味があったし、彼にとってはすべてが複雑に絡み合って一つの思想が成立していたのだ。

粘菌、仏教、科学、性、幽霊、超常現象、人の縁……。

その全てを彼は、和歌山の片田舎で編集し続けた。

恐れ入ります。勉強になります。

中沢新一の「東方的」という書物には、デュシャンと熊楠が同じ「四次元」の本を読んでいた可能性があると書かれていた。

うーん。凄い。

私はこの二人を全く違うところで興味をもっていた。

それが繋がっていく。摩訶不思議！

何か一つの大きな道にぶつかっているという実感。

どうなっていくのかな。さらに勉強を続けましょう。

四月八日（木）

今日、銭湯から上がって更衣室で区役所だよりを読んでいたら、「太陽の恵みでエコライフ！一六年度住宅用太陽光発電機器補助事業」と書いてある。

何だろうと思ってみると、太陽エネルギーを設置する住宅に費用の一部を補助してくれるそうだ。

新エネルギー財団というものが存在しているらしい。ホームページもある。

私もこれからの計画を区などに新エネルギーシステム住宅として提案し、土地を借りるなどして生活を自分自身で実践してみたいという思いがある。

なんか時代もそうなってきているらしい。

うまく行政の人も納得するようなものを提案して都市での新生活のあり方を伝えたいと思う。

ヨーロッパでは、友人にデジタルビデオを借りる予定だ。

シュヴァル、コルビュジエの建築を写真だけでなく、映像として残してＤＶＤにして雑誌のようなものにするというアイデアが浮かぶ。

四月十日（土）

「時間と空間の誕生」という本を購入。

ゲーザ・サモンという物理学者が書いた本で、現代物理と現代美術をあわせて物を考えていて、かなり興味深い。

アインシュタインとピカソを同列に並べて、どちらとも今までの時間や空間の概念を新しく考え直している冒険者、表現者と捉えている。

人間が「見る」「聞く」「感じる」とはどういうことなのか、空間をどう捉えていけばよいかを科学、芸術の両方の視点から（というか彼にはそれらを分け隔てる壁は無い）みている。

面白い。私の興味も今、空間を人間はどう感じているのかということなので、入り込んで読む。

弟・亮太は諏訪の御柱祭に行ってきたらしい。

夜はフーのポストカード制作を手伝う。プリントゴッコを使用。

プリントゴッコの可能性については以前から興味を持っていたがそれがさらに深まる。

なぜインクジェットのプリントでは興奮しないで、プリントゴッコでは気持ちよくなるのか。

インクが紙に直接乗るのは一緒なのだが、偶然の要素は明らかにゴッコの方が勝っている。

この違いをきちんと文章で説明したいのだが、今はまだ力が無い。

ここ最近は日記によって訓練をしているが、これはかなりいい訓練だ。

いつか文章だけの本を書きたい。

四月十一日（日）

親父と弟と芋焼酎パーティー。

今日は終日ゆっくり。何もしないで過ごす。

明日はいよいよ色校が出てくる。色校というのは最後の印刷チェックである。

全ページ分印刷されてくる。

ほんといよいよだ。苦節一年。

ようやくここまで辿り着いた。これで心おきなくヨーロッパに向かえる。

親父もようやく本当に出版されるんだと思ったのではないだろうか。

酒は進む。昨日買った「時間と空間の誕生」も読み進む。

この本はいかに人類が時間と空間を手にしていったかの冒険活劇を見ているかのようだ。

夜、佐藤氏と電話。明日リトルモアで会えるそうだ。

彼女とは翻訳だけでなく、これからも付き合っていくことになるだろうとこっちだけで勝手に考えている。

展覧会も手伝ってもらうことになるだろう。

久々に通じ合える人と出会ったと思う。

二人とも勿論無名のペンペン草ですが、結構気合い入ってますよ。

話は盛り上がる。しかも理想論ではなく、現実として。よしよし。

寝る前はマイルス・デイビス「オン・ザ・コーナー」聴く。いいね。

四月十二日（月）

いよいよ色校が出来上がりました。
出来映えは完璧。長い長い時間がかかりました。
これでヨーロッパで売り込みができます。
浅原氏もほっと一息ついていました。デザイナーの宮川さんも嬉しそうでした。
この後はいよいよ本番です。とうとう本になります。
明日は二十六歳になってしまいます。
この仕事にとりかかったのが二十二歳の時。四年かかりました。
これからもこれに続いてどんどん作品を作っていこうと思ってます。
自分の作品を真剣につくる作業はとても健康的だ。
今日はゆっくり寝よう。

四月十三日（火）

誕生日です。

熊本で生まれ、すぐ福岡に移り住み、玄海灘のそばで九年過ごし、秘密基地と漫画を作り続け、その後また熊本へゲットバック。

野球を下手なのに続け、得意技はグローブで捕らずに腹でボールを受け止める「へそとり」！

そんな技、本当にはありません。

それでも漫画、絵は描き続け、近所の風景と電柱に絡まる電線を描いた写生大会の時、誰も良いとは言わなかったが自分では過去最高の出来！

あの時の電線に対する姿勢は十五年たった今でも変わらない。

ファミコンにはあまりはまらず、方眼紙の上に巨大な地図を描き、手作りロールプレイングゲームをつくり、モンスターも百匹ぐらい自分でデザインしていた。

またコンチキ号漂流記を読み、探検と称し空き家に忍び込む毎日。

とにかく既存のゲームや遊びではなく、とにかくＤＩＹじゃないと興奮しなかった。

中学校に入ると、ギターを今は亡き祖父に教わる。

2004

祖父はチューニングの仕方をわかっておらず、五、六弦だけをなんとかあわせて、単音でドレミファソラシドと弾いた。

どうしようもなく下手だったと思うが、その単音のギターの音はまさにブルースだった。

ギターの音は上手いとか下手とかじゃない。

単音でいかに自分の音を出せるかだけだと今頃ようやく気付く。

感謝祖父！

ギターとビートルズだけの毎日。ほんとそれだけだった。

「みんなの歌」という小冊子に百曲ぐらい童謡系が載っていてそれも一日やりまくってた。

だって楽譜の上にコードが書いてあるんだもん。そりゃやるよ。

ビートルズの後はチャック・ベリーだけまた聞いてた。

ジョニー・B・グッドを延々二時間ぐらい。

「てれれ、てれれてれれれれてれてれれてれてれれ、てれれてれれてれてれてれれてれれてれれ」

その時の録音していたテープには友達がドラムをえんえん8ビート。

僕は「てれれ……」。今考えても前衛的なセッション。

1コードだけでいいと思ったのはこのときからだ。今日はここまで。

来年の誕生日には、第二章「そしてボブ・ディランと建築との出会い編」をお送りします。
ホントカ?

四月十四日(水)

今日でバイトも終わり。
午後からリトルモアで、色校を切ってヨーロッパに持っていくための本づくり。
リトルモアの新人、川井君と一緒に作業を行う。
初めて見る自分の本の完成形。
いやぁーいい! 親ばかの心境。
息子はほんとにかわいいですよ。
本を持って、翻訳の佐藤氏と目黒の紅邸(くれない)へ。
紅氏は僕が本を売り込みに行く前から自分の作品をすごく評価してくれていた。
出来上がった本をみせると非常に喜んでくれた。
そしてヨーロッパでもきちんと評価されると言ってくれた。
彼女が言ってくれるなら間違いない!

あとは日本では浅原、宮川両氏に印刷を任せてお願いすることになっている。
私はヨーロッパへ。楽しみだ。
絶対形にして帰ってこよう。
早く向こうの人たちに見せたいものだ。

四月十六日（金）

昨日の午後十時に成田を出発。
朝四時にシャルル・ド・ゴール空港に到着。
外は真っ暗で何も見えず、空港を出た電車はひたすら前に進む。
目的地のストラスブール・サンドニに着いて階段を上がると、夜明けのパリの風景が！
初めて見るヨーロッパの風景。思っていたより感動的。
街灯と紺色の空のバランスに思わず興奮。
無事友人宅に着く。
今日は朝からいきなり書店まわり。
モンマルトルにある書店にまず持っていく。

反応はまずまず。その後も二、三軒持っていくが、買いたいと言ってくる所もそこそこ見られる。

しかし、もうちょっと何かが足りない。

やはり、日本で紹介された人脈でさらに売り込む必要があるなと。

まぁ今日はこれくらいにして、二ユーロのワインでも飲みますよ。

四月十七日(土)

朝からヴァンヴという所の蚤の市に。フランスとチェコの昔の文房具を買う(一二ユーロ)。

そこで、フランスでアーティストをやっている知り合いの滝田さんと偶然出会う。すごい。

昼食はオデオンのおいしいビストロへ滝田さんに連れて行ってもらう。

昼間っからワイン飲みまくる。

その後は今日も書店まわり。

今日は滝田さんが同伴してくれて、通訳してもらった。

滝田さんは日本で何回か会ったことがあり、僕の本もよく分かっていて完璧な通訳!

書店はどこも反響があり、どこも買い付ける約束ができた。

その中の一つのスイス文化センターの女性が一番気に入ってくれて、見ているうちにだんだん興奮していた。

彼女の母親が書店をやっているから、そこでも買いたいと言ってくれた。

さらに、文化センターのキュレイターに来週会ってプレゼンしたらと言ってくれて、もしかしたら展覧会もできるかもしれないという可能性が出てきた。

この勢いでヨーロッパ中回ったらそれなりの成果が出そうだ。

今日はホントに滝田様々の日でした。

四月十八日（日）

今日は一日美術館巡り。

オルセーとポンピドゥーに行きました。一番興奮したのはルソー。

予想以上に大きいキャンバスに描かれたジャングルの絵は、３Ｄ画像のように浮き出てきて、見るものに襲い掛かる。

それとやっぱりゴッホにも同じ感動が！

ポンピドゥー美術館ではフランシスコ・ベーコンの三枚絵に圧倒されましたよ。

だけど歩きすぎでクタクタ。
今日も自炊でパスタ。
明日からは、リヨンとマルセイユの旅三日間。
シュヴァルとコルビュジエのユニテを見にゆきます。
この二人に共通の精神性を感じる今日この頃。
この目で確かめてこなければ！

四月十九日（月）

早朝、ＴＧＶでリヨンへ。
そこからローカル線に乗り換え、コルビュジエ設計のラ・トゥーレット修道院へ。
修道院に着くまでにスバラシイ牧草地の風景が続く。
修道院は予想以上に荒いコンクリートの建築だった。
とくにそれが窓部分に現れていた。
窓枠は無くコンクリートに直接ガラスが埋め込まれている。
窓枠という概念を消そうとしていたように思う。

巨大な石を刻んだ彫刻のような仕上がり。

後ろは礼拝堂の入口が飛行機の機体のようなデザインになっていた。

金属の使い方に衝撃を覚える。

木材との絡ませ方もスバラシイ。

しかし、一番シビレたのは、そのような無骨なディテールが、このような巨大な建築物の中で
実現されたことの奇跡ではないか？

日本の建築でこのような施工で仕上げられたものは今まで目にしたことがない。

ゼネコンによって全てが凍っているかのように収まってしまう。

修道院の細部は揺れ動いている。

細部が増殖して全体が構成されている。

はじめての感覚。弟子であった吉阪隆正にもこの精神は貫かれていた

四月二十日（火）

今日は、一番楽しみにしていたシュヴァルの理想宮を観にいった。

オートリーヴという小さな町に着き、小道を歩いていくと街並の隙間から理想宮が見えてくる。

彼は郵便配達夫をやっていて、まだ車が無かった時代にあるいて配達をしていた。

ある日、石につまずいた時その石を掘り出してみると、とても不思議なカタチをしていた。

彼は石に魅せられ、その時から石を拾い始め、若い頃から思い描いていた理想宮を独力で作り始める。

実際にそれらの石を見てみると、話の通りとても奇妙なカタチをしている。

大昔、ここら辺は海に浸かっていたらしい。

ただの石ころを組み合わせた建築物に見えるが、よく見ているうちに石ころは、いきいきとした動物の姿に変形していき、鳴き声が響き渡る。

その瞬間にただの石ころは、動物たちがあつまるジャングルに変わる。

しかし、また目を離すとそれらはただの石ころに戻り、理想宮は静かに佇む。

四月二十一日（水）

昨日のうちにマルセイユに着く。

午前中はコテコテ観光コースの遊覧船にのって地中海に触れる！

そのあとマルセイユの街を少し散歩していよいよコルビュジエの作った集合住宅「ユニテ」に

向かう。

この感想は簡単には書けない。いつか写真、映像を使って表現したいと思う。

ゆっくり観た後は、三階のカフェで一服。

今日はなんとここに宿泊。ワイン飲んで寝る。

四月二十四日（土）

風邪で二日間ダウン！　ようやく落ち着く。

来週のアポ、二件取る。

明日は、中国人キュレイター、ホウ・ハンルゥ氏。スイス文化センターのアナヤンシとは来週アフリカ料理屋で食事の予定。

ホウ氏はどこのウマの骨かも知らない日本人の話を親切に聞いてくれる。感謝！

あとロンドンに住んでいる友達ナンペイとも連絡がつき、ロンドンも予定通り売り込みいけそうだ。

あとはもうちょっと体調直して気合い入れましょう。

来週一杯パリで頑張って、次の都市に行きましょう！

夜、コレットというお店から、作品見たいというメールが届く。

いいねー。持って行きましょう。

蚤の市にまた行く。

今回はコーヒーカップとソーサーを三セット。

あとランプシェードを買いました。あとポットも。全部で八ユーロ。

四月二十五日（日）

昼頃起きて、午後二時半にメニルモンタンへ。ホウと近くの洒落たカフェで話をする。

彼は私の本を食い入るように、一ページ、一ページ捲りながらじっくり見てくれた。

私の説明（つたない英語）を聞きながら、彼は「パリであなたは展覧会ができる」と言ってくれた。

協力できる事はする、とも。感謝。

彼は相当信頼のおけるフリーのキュレイターの一人で、世界中で展覧会を企画している人物である。

彼の颯爽とした振る舞いに震える。かっこいい！

2004

そして知り合いのディレクターを数名紹介してもらった。
よし、これでまた次に広がっていく。
その後は病み上がりなので、家で休憩。ベッドで読書。
食事はトマトソースのパスタを自炊。
自炊できるから今回は非常に安く生活ができる。
同居人に感謝。
本棚にあった「文藝春秋」芥川賞発表号を取る。
「蹴りたい背中」読む。意外にもハマル。
中学校から高校生に変化する周りの環境描写のディテールに痺れる。
いいね。がんばれ。
久しぶりの読書が気持ちよく、さらにまた読書。
トマス・ピンチョンの「低地」。
またますごい。
いままでピンチョンは最後まで読めなかったけど、今日はなんか違う。
ぐいぐい読み進む。

ケルアックと石川淳を足してデジタルエフェクトかけたような小説。

こんな小説を僕も書きたくなった。

あらら。今日は日記も長い。

BGMは日本からもってきた、はっぴいえんど「風街ろまん」。これもやっぱりいいね。

四月二十六日（月）

朝、パンを買いに歩いている途中に焼きそば屋発見！

ヨダレ出まくる。明日買っちゃいそうです……。

よくこっちの人は肉ばっかり食べられるよな。

午後イチ日本で知り合ったフランス人オリビエと久しぶりに出会う。

彼は、兄弟で日本とパリにオフィスを持ち、建築などのコンピューターグラフィックス制作の仕事をしている。

オフィスはバスチーユというきれいな町にあり、内装も自分たちで作っていて良い感じです。

一通り僕の本を見た後、彼の知っている書店に連れて行ってくれた。

通訳までしてくれて一生懸命書店のバイヤーに僕の言葉を伝えてくれた。

2004

持つべきものは友。ほんとにありがたい。

その後、近くのカフェでビールで一息。仕事中なのに付き合ってくれた。

帰ってきてちょっとゆっくりして、夜はスイスセンターのアナヤンシというすごくキュートな女性と滝田さんカップルと同居人タンゴと私で会食。

ベルヴィルという多国籍地区でチュニジア料理。クスクス食べました。

ちょっと量が多すぎて全部食べられません。

アナヤンシはすぐに興奮状態に入って、次から次へとしゃべり続ける。

それを滝田さんが通訳してくれる。

さらに滝田さんの彼女のユーンも高速でしゃべり続け、さらにそれを滝田さんが訳す。

僕も負けじと英語で応戦！　それも変な英語だから滝田さんが訳す！

食事後、今度は近くのカフェに移り、ワインも入り混じっての会話会話会話。

すごいよフランス人っていうかアナヤンシ！

彼女の気合いばりばりの姿にあっぱれ。

明後日には美術館にも連れて行ってくれるという。

いやあ今日は気分よく疲れました。

だけどこの本には、皆を巻き込んで話をさせるという力があることを強く感じそれはとてもスバラシイ事だなあと思った一日でした。

四月二十七日（火）

二時にバスチーユで滝田さんと待ち合わせ。
今日は建築家協会に行った。
中に入ると三階建ての広いスペース。すべて建築に関する展示。
書店の人と話すと責任者に渡してくれるとの事。
一日だけ本を貸し出すことに。
その後、隣のカフェでビールを二杯飲む。
だいぶ気候も良くなってアルコールが気持ちいい。
しかし、やっぱり体調もまだ完璧ではない。
その後はゆっくりする。
帰って「森の生活」の下巻を読み干す。興奮状態。
ソローは言う、

「私は実験によって、少なくとも次のことを学んだ。もしひとが、みずからの夢の方向に自信を持って進み、頭に思い描いたとおりの人生を生きようとつとめるならば、ふだんは予想もしなかったほどの成功を収めることができる」と。

「生活を単純化するにつれて、宇宙の法則は以前ほど複雑には思われなくなり、孤独は孤独でなく、貧乏は貧乏でなく、弱点は弱点でなくなるであろう」とも！

なんと勇気の出る言葉だろう。そしてこの言葉は私の本に対しても力になるものだ。

夜は和風パスタ自炊。鶏肉が少し生煮え。

でもうまかった。さあ寝よう！

四月二十八日（水）

昼過ぎにホウから教えてもらった、パレ・ド・トーキョーの最重要キュレイター、ジェローム・サンに電話する。

なんと出てくれました！　驚き。

彼と拙い英語で会話すると、快く会ってくれるという返事が！

いやあホウにしろ、ジェロームにしろスバラシイ人物は、相手が無名だろうと、有名だろうとピンとくれば会ってくれるものなんですね。

いやほんとに人間何にでも当たって砕けてみるもんです。

昨日のソローの言葉がまた現実に！

四時からは滝田さんと建築家協会へ。

すごい気に入ってくれたみたいで、さらに上の大ボスに見せたいから貸してくれと言われた。

渡したかったのだが、次にコレットに持っていく約束だったので、明日渡すことにした。

これも面白くなると思う。

そしてコレットに渡して、家に帰る。

帰る途中で、熊本のウッドストック、ロサンゼルスのベンウェイという僕の大好きなレコード屋と同じ匂いを発する店を発見！

入ってみると、カセットテープの山！

掘り出し物を五〇〇円で見つけました。

ブライアン・イーノがプロデュースしたデヴィッド・ボウイの「Low」、そしてデヴィッド・バーンがセレクトしたトロピカリズモ時代のブラジル音楽傑作集。

ブラジルの方は、未収録曲が四曲も入っています。

二つで五〇〇円ですよ。こんなアルバムのカセットなんて日本では見たことありません。

やりました！

明日はピーター・ビアードの展覧会をしていたギャラリーに本を持っていきます。

どうなるかね。

四月二十九日（木）

昨日、近くのクラブが無料デー。

朝まで踊りまくる。休憩無し。

曲はエレクトロとエレクトロヒップホップみたいな不思議な曲。

無料だけど結構いい音鳴ってました。

朝五時就寝。十一時起床。

一時に出発して今日はコレットへ。

着いて話を聞くと、サラが忙しすぎて本は見られなかった。

さらに一日貸してもらえると見られるのだが……。

と言われたが、建築家協会に今日持っていくと言っていたのでコレットは来週に持ち越し。

ロンドン行きを遅らせたのでまだ都合があったので良かった。

その後、オデオンの新進ギャラリー、ギャラリーカメルメヌールへ。

ここはピーター・ビアードがやっていたので持って行っちゃった。

本が完成したら送ってといわれた。

それから考えるそうだ。アラーキーもやっているらしい。

結構面白そうな場所だった。

そして、建築家協会へ。

また黒人のスタッフがいてくれて、展覧会をやりたいんだといったら、ダコー（分かった）と言ってくれた。

今回は大事なとこでスバラシイ人に会える。この人もそうだ。

結果は来週の水曜日。楽しみだ。

そのあと今日はチケット屋で、アート・リンゼイとデヴィッド・バーンのコンサートのチケットをゲット。

昨日この二人が作ったコンピレーションのカセットを見つけたが、なんか繋がっている感じ。

ワオ。

夜は、マーボードーフを自炊。うまい！

中華料理はこっちでも美味く作れる。

日本食は作ってもちょっと怪しいアジがするが……。

本が水曜日まで戻ってこないので、これから四、五日はようやく休憩。

少しはパリの街を満喫しましょうよ。

土曜日はまた蚤の市、日曜日は動物の剥製がすごいらしい、「ラ・ジュテ」の撮影現場としても有名な自然史博物館へ。

あとサーカスを観たいのだが……。

四月三十日（金）

今日も一日中凄いことに！

朝からバスチケットを購入。

ロンドンまで往復で五七ユーロ（約六千円）とちょっと。安いです。

その後、友人に頼まれているローランドＭＣ９０９を見に楽器屋へ。

日本より安いと言われていたが、予想以上に高い。

パリでの僕の感想は日常必需品は安いのだが、電化製品系はこっちのほうが日本より高い。

二三〇〇ユーロもした。

その後、久しぶりに目的も無くパリの街をぶらぶら。

夕方六時からは、アナヤンシに誘われて、スイスセンターの展覧会のオープニングパーティー
に参加する。

凄い数の人。内容はスイスの写真家の展示。

ゲイの写真ばかりだったが、カラー作品の色質にはしびれる。

あとで写真家本人と会って話したが、スバラシイ人間だった。

展示の方はまあまあだったが……。

今回、オープニングに参加したのは、スイスセンターのディレクター、ミッシェル・リッター
を紹介してもらうためだった。

人が多すぎてなかなか会えない。

しかし、色々他の人からもアーティストですか?とか言われ、いきなり話が始まる。

みんなアーティストやキュレイターに会いに来ているようだ。

皆積極的に他の人に自分を表現している。

2004

日本ではあまり見られない光景。

いつも日本では、私ばっかり売り込んでいるみたいで嫌な気も少ししていたが、こっちは全然違う。

こういうところはパリにあっているみたいです僕は……。

ミッシェルらしき人を発見。勢い話しかけてみるとやはり本人。

自己紹介をするとちょっと前に送ったｅメールの事を覚えていてくれたみたいで話もスムーズに進む。

出来上がったら彼のところに送ると約束する。

彼もホウやジェロームと同じように気さくな人で興味をもって話を聞いてくれた。

ブラボー！

他に、中国人アーティストの陳坦(チェンタン)とも仲良くなる。

彼は私のパリでの話を真剣に聞いていた。

自分ももっとパワーを出して頑張りたいと言っていた。

何人かこっちで知り合った人などを紹介する。

こうやって輪がひろがっていくってもんですよ！

ある程度でパーティーは引き上げ、今日のメインイベント、アート・リンゼイのコンサートを見に、いざ「New Morning」へ！

とてもよい会場で大勢の人が詰め掛けていた。

アートの音はエレクトロと、生楽器の混成で成り立っていて、ああいう類いのポップ・ミュージックはあまり聴いたことがなかった。

思わず興奮。頭の中のいつもは使っていない場所をくすぐられる。

しかし、まわりの観客は賢そうにみんな座ったまんま。

僕はとうとうオルガズムに達してしまい、いつものように（アッチャー……）踊りながら最前列へ。

アートへ向けてリアクションを送る。

またやっちゃいました。

観客もそれで少しずつ沸き始めステージは最高の状態でフィニッシュ！

アンコール二回もやってくれました。

その後、楽屋に入っていくスタッフを捕まえて、一昨日買ったブラジルのコンピレーションのカセットの歌詞カードを渡す。

なぜならそこにアートが文章を書いているからだ。全てが繋がっていく。

快くサインをしてもらった。アート本人とも話す。

その後からまた色んな事が始まっていく。

ゆっくり座っていると、感じのいい綺麗な女性が寄ってくる。

「あなたのダンス最高だったわよ」といわれる。

「私たちも後ろで踊ってたのよ！」と。

そして、彼女の夫がフランスのラジオ局で音楽番組のブロードキャストをやっているから会ってといわれ夫アントニーを紹介される。

話をすると来週のデヴィッド・バーンのコンサートにも行くそうで、さらにトーキングヘッズ、CAN、ノーニューヨーク、日本のノイズ、インプロヴィゼーションの話などで信じられないほど共通項が見つかり、話は終わらない。

そのまま彼は次に行きたいところがあるから一緒に行こうと車に乗せてくれ（フォルクスワーゲン・ゴルフの旧式のセダン、濃い緑色）、ピガールへ。

初めてのパリでの乗用車。

映画みたいになってきたぞ。

ＢＧＭは僕の持っていたブラジル六〇、七〇年代コンピレーション。

アントニーと二人で絶頂！

しかし、店に着くとそこは閉店。

そのまま二人とも別れる。

スバラシイ夫婦。嫁のヴァネッサは人権擁護機関に勤めているらしい。

二人のユーモアと、ぼろぼろのワーゲンとブラジルの音楽が混ざり、不思議な夜。

まだまだパリは私を楽にはさせないようです。

ハードな夜が続く！　スバラシイ出会いにチンチン！

五月一日（土）

今日は一日完全休暇。

本当に一日何もせず寝て過ごす。ホームページの編集だけに集中。

今回、色んな人とあって名刺を渡してきたが、ホームページのアドレスも渡しているのに、日本語でしか書かれていないので読めないことがよく考えると分かった。

それで海外の人も見られるように英語版も入れてみた。

2004

これで日記もみんな読んでもらえる。さらにリンクを張ってみた。

もっと色んなところにこのページから行けるといいと思う。今後もっと増やしていきます。

英語版を作っていて、自分の文章を自動的にコンピューターで翻訳していくとどうしようもない文章になって仕上がってきた。

はじめは失敗したなと思ったのだが、よく見ると面白い文章になっていたので（いきなり漢字が入っていたりと……）、そのままで読んでもらう事にした。

コンピューターと人間の感覚の違いが如実に現れていて面白い。

微妙な感覚はまだコンピューターには出せないが、これをもし出せる時が来たら、人間の直感とか、勘とかのメカニズムが分かってくるのだろうか。

私はいつかは第六感も数式なんかに置き換えられる時代が来ると思っているのだが……。

後、他の人のホームページも見てみる。

あまり作家の人とかは作ってませんね。まあ忙しいから作れないんだろうけど。

でも作っている人も中にはいて、見てみると、誰かコンピューターが得意な人に作らせたんだろうなあというものばかり。

これじゃその人本人の感覚は出せませんよ。

自分もっと気合い入れようと引き締める。

もっと自分のページも組み立てなくちゃいけない。

見てる人が立体的に思考できるように作りたいのです!

アナログとデジタルの間のアンフラマンスな(マルセル・デュシャンにいわせると……)所で
このページを見られるようにしたい。

最近はデジタルなものに対して新しい思いが出てくる。

友人はこう僕に言ってました。

「DIGITALは分けて見てみるとDIGとITALに分けられる。DIGはDIG IT!とか使うように、分かった!という意味。そしてITALは自然という意味。だから自然の秩序がわかる!という意味なのではないかな」

うーん。なるほど。

コンピューターは六〇年代のヒッピーたちの思想から発展しています。

ホールアースカタログの編集者は今ではデジタルネットワークの仕事をしています。

「建築家なしの建築」の著者は、違う著作で動物の巣の研究をしていて、貝殻の螺旋の形は、コンピューターが出てきたことによって初めてそれがとてつもなく複雑な数列から導きだされていることを人類は知ったと書いた。

まさに「自然の秩序を分かった」のです。

もっとデジタルについて知らなければいけない。

そしてそれを「自然」である自分の頭を使って、駆使しなければならない。

五月二日（日）

毎月第一日曜日は国立の美術館は全て無料なので、自然史博物館に行ってみる。

ここは、生物が現れてからの歴史を、数百種類の剥製を通して学べる場所で、私はこれをクリス・マルケル監督の「めまい」という映画で見て以来行ってみたいと思っていた。

中に入ると、いきなり鯨の骨格が宙に浮いている。

二階には、動物たちがあたかも行進しているかのような展示になっていて興奮する。

一番感じたのは、その展示の美しさ。

日本だったら剥製の周りに柵を配置し、人が入れなくするが、ここには柵のようなものはほとんど見当たらない。すっきりしたレイアウト。

透明のガラスケースにまるで宙を飛んでいるかのように鳥の剥製が見える。

エンターテインメントとしても十分。研究材料としても十分。

どれも出し惜しみなくおおっぴろげに展示されてある。

これが無料ですよ！　こちらの国立のものはスケールが違います！

周りの庭も素晴らしいし、来るだけで気持ちよくなれます。

こういうところを日本にも作らなくちゃいけません！

その後ピカソ美術館も無料なので行ってみると五時で閉館していたので入れず。残念。

帰ってきてからはまたマーボードーフを調理。美味い！

ニューモーニングに「Art Ensemble of Chicago」が来ることが判明。

しかも帰る前日に！　行きましょうまた。

タイミングよく色んな音楽家が来仏してくれたのでラッキーです。

五月三日（月）

朝起きてケバブ。

昨日から同居人は旅行に出かけて私は独り暮らし状態。

少し部屋の掃除をする。

2004

昼過ぎに出かける。

今日は「フランシス・ベーコン展」を見る。

けっこう高かったけど、中身はボリューム満点。

見たい絵はほとんど見ることができた。

本で見てるときから迫力を感じていたが、本物を見るともう本では見られません。

凄すぎです。

この人は、ピカソのキュビズムに対する姿勢、デュシャンの空間に対する感覚に並んで僕がとても興味をもっている画家です。

一九九二年に亡くなってしまいましたけど。

「時間と空間の誕生」という物理学者の本を同時に読んでいたので、更に興奮する。

人間の今見ている映像は、頭のいい脳みそのおかげで像として認識できる。

花がいつも花として見えるのは曖昧な脳みそが人間が困らないように像をカタチづくるからである。

ベーコンの絵を見るとよく分かる。

実際は人間が動いているとき、体は微妙に像を揺さぶっている。

人間にはその揺れている微妙な動きは知覚できない。

デュシャンの「階段を下りる裸体」にもそのことが表されている。

さらにベーコンは今のデジタル時代を予感しているような残像などをキャンバスの上に定着することにも成功している。

モノがある地点から次の地点まで動いたときに、ものすごいエネルギーがかかっているんだなと気付く。

ただ自分が手を動かしただけで、エネルギーが発生しているという、身近に感じる宇宙。

それを最近は日に日に感じる。

作品集をやっぱり買いたかったが本物見たのでやめた。

帰ってきて今日はペペロンチーノみたいなパスタを作る。

そのあとこの前買ってきたミントを使ってミントティーを飲み、しばし幸福に浸る。

だいぶパリの生活にも慣れた。

ここはやっぱり生活しやすいかもしれないね。

まわりと関係ない自分だけの時間が流れるからだろうか?

「0円ハウス」制作のアイデアを練る。

展覧会にゲリラで出品することを思いついたからだ。
どこかはまだ秘密ですが。
次が見つかり、またやる気出てきました。

五月四日（火）

ピガールで降りて、中古楽器屋へ。
探していたローランド909が見つかる。
この辺りは中古楽器屋が並んでいるようだ。
初日に行ったカフェも見つかる。「La Forum」。
ここが今回旅していて一番気に入った。
カッコつけすぎずに昔のままの佇まいを残している。
また入ってカフェ・クレームを注文。中は人でごった返している。
ギターを弾いている人もいる。不思議な時間が流れる。
外は、ちょっと雨がふってきた。さらに人が入ってくる。
こんな場所が日本にあったら毎日来るのにな。

でも日本の中野「クラシック」も負けちゃいない。

ホウと行った「Charbon」もよかったな。

カフェの思い出にしばし浸る。

その後、エロチック博物館にも行く。

中身はまあ凄かったけど、予想よりはノーマルな博物館。

一九三〇年代のポルノには興奮したけど……。一人で興奮しても駄目ですな。

近くのアラブ人がやっている電気屋でカセットプレイヤーを購入。これでテープが聴ける。

居候先には音源が豊富ではないので持ってきた自分で作った音楽ばっかりきいていたので欲求不満だった。

これでジルベルト・ジルが聴ける。

しかも、明日はデヴィッド・バーンのコンサート。

帰ってメールチェックすると、この前アート・リンゼイのコンサートの時に会ったアントニーからメールが届いている。

パレ・ド・トーキョーで何かやるらしい。

十三日？　帰る日じゃないですか！

しかも「恭平も参加しろ」だって。残念。帰っちゃうんですよ。

その後、アントニーに電話する。

今日は音楽聴けるし、ご機嫌ですよ。

五月五日（水）

十二時に建築家協会へ。

展覧会の返事を受ける。

と思ったらまだディレクターが僕の本を見てないらしい。

バカかよ。憤慨！

一週間も貸していたのに。ゴメンの一つも言わない。

一応強引に見せたが、資料をもっと送れだそうだ。

バカかよ。まずゴメンって言えよ。

いらいらしても仕方がないので、日本で展覧会したら資料を送るという約束でその場を去る。

金はどうする?とかばっかり聞いてくる。

それより気に入ったのかどうか教えてくれよ。

気に入ってくれたんなら、自費でもやるから……。
なんというかノリのまったくない人でがっくり。
まあそういう人もいますよ。たまには。
最近調子が良すぎて、うまくいってたので出鼻くじかれる。
ちょっと油断したな。反省。
やっぱり自分で上の人間に直接会わなくては何も始まらないことを痛感。
勉強になりましたよ。
その後三時にパレ・ド・トーキョーのディレクターに会う。
こっちは話通してるからすんなり会える。
なんか秘密基地みたいなところに連れて行かれて、エレベーターで最上階へ。
ウォーホルのファクトリーみたいですなこれは！
ジェローム・サンに出会う。
川崎マヨ似でちょっと吹き出してしまう。とても愉快な人。
ホウと同じように一ページ一ページ見てくれる。
気に入ってくれたようだ。

展覧会をここでしたいというと、ちょっと待てといわれる。

こっちもタイミングがいい時を探しているからと言っていた。

本ができたら色々資料を送るということでその場は終わる。

しかし、その後すぐに「お前の仕事を気に入りそうな人」といって雑誌「Blast」の編集長オードリーを紹介してもらう。

また次に繋がった！

さっそく家に帰って電話すると明後日会ってくれるそうだ。

早い！　携帯番号教えてもらう。よしとにかく会ってみよう！

雑誌で仕事をもらえたらそれはそれで素晴らしい。

その後「コレット」に再び向かい、今度はきちんとサラに見せてくれと念をおして本を渡す。

まあ彼ら怪しいけどもう四回も会っているから仲良くなってきちゃった。

頼むよ！

夜ご飯はトマトパスタ。自炊。美味い。

食べて元気つけて八時からは、デヴィッド・バーンのコンサート。

場所は「Bataclan」。いい感じのホール。

出ました！　デヴィッド！　初めての対面。
トーキングヘッズ時代の曲とサルサ、マンボ、ワルツ、サンバ。もうなんでもあり！
「Once in a Lifetime」聞けたー！
興奮してしまい（もういつものことですが……）また一番前へ！　いけー！
そうすると他のお客さんもみんな最前列へ、さらに座っていた人も全員総立ち！
大変なことになりました。
またまたアンコール三回もしてくれて大満足のままコンサートは終わりました。
帰りはそこから歩いて自宅へ。今メール打っています。
今日は色々忙しく疲れた。シャワー浴びて寝ます！

五月六日（木）

お昼まで寝る。
午後再びコレットへ。またサラは居なかった。
タイミング合いませんね。諦めて、本を日本から送ることに。
この人とは会っておきたかったが……。

そのまま歩いて日本食材店「京子」へ。
結構ちゃんと食材が置いてあってびっくり。
味噌と醤油と「ふえるわかめちゃん」購入。
八時から裕子さん宅へ。
高級住宅地にある裕子さんのお宅はとっても立派でした。
食事はグリンピースご飯と豚の角煮。美味い！
ここ最近美味い連発ですな。
夫パトリスとの会話、熱が入る。
僕の本についての指摘。やはり社会的見地に立った発言がないとの指摘。
これはよくフランス人から受けた。
僕なりの言葉で応戦するが納得はいっていない様子。うーん。難しい。
この点にきちんと答えられるような英語力がないことに苛立つ。
帰ったらもっと英語勉強しましょう！
でも食事は美味い！　おかわり！　ぜんぶ食べつくしてしまう。
ワインも二本、赤白、パトリスとふたりで飲み干す。

裕子さんは最近子供が生まれた。

「太陽」君。ほんとにいい顔！

僕の首を揺さぶる動作にはまって、僕も永遠続ける。

赤ちゃんってループが好きですね。

ジョルジ・ベンかよ！　いやあ彼のループも素敵です。

そういうわけで私も首振りループ！　ループ！

十二時の終電前までお世話になり、帰宅。色々考えて寝る！

五月七日（金）

ジェローム・サンが紹介してくれた、「Blast」という雑誌の編集をやっているオードリーに会う。

編集室は非常に実験的な匂いがプンプンするよい場所。

すぐに彼女が出てきて、自分の作品を見せる。

すごく気に入ってくれて、即決でヨーロッパでの本の発売に合わせて六ページも提供してくれるとの事。

2004

ようやく具体的な仕事の話ができ、僕も興奮する。

この雑誌は、僕がこっちで出会った人もよく知っていて、影響力もかなりありそうだ。

帰ってから資料を送る約束をして、その場を去る。

夜八時からはアントニーと会う。

この前閉まっていたクラブに行こうということに。

このクラブは、外からみるとどう考えても洋服屋さんなのだが、奥には地下に繋がる階段があって、下りていくと小さなクラブスペースがある。

凄い雰囲気！　こっちも興奮してくる。

人はあまり多くなく、みんなアントニーの知り合いのようだ。

お酒は飲み放題。アントニーとは二回目なのだがそんな気がしない。

二人とも英語下手なのに、まるで日本語でしゃべっているかのように何の問題もなく会話ができる。

素晴らしい人に会えたものだ！

彼と朝まで踊りまくり、それでも足りずに二人でカフェに行って飲み話す。

彼はフランスＦＭのキャスターを仕事としていて、特に音楽系の番組を担当している。

なんてったって、会ったのがアート・リンゼイのコンサートで僕が踊っていたのを彼が見て話しかけてきてからだもんね。そりゃ話が合うってもんです。

そのまま歩いてふたりで帰宅する。

疲れたので、そのまま就寝。いやあ今日はよくできました！

五月八日（土）

雨。でも蚤の市行く。

親からメールで銀のスプーンが欲しいとの事。

貝殻が埋まっているやつがいいらしい。

でも僕がいつも行ってるヴァンヴの蚤の市ってクズみたいのしかないんだよねー。

でもその中からいけそうなものを一〇本選ぶ。一五ユーロ。

その後、紅（くれない）さんが紹介してくれたJ&Jコンビと会う。

パリの郊外に住んでいて、そのアトリエの大きさに驚く。

こっちはみんな頑張っていいスペースをみつけている。

僕は、高円寺の四畳半。うーん。

2004

彼らは、ドイツ人とギリシャ人のカップルで、アーティストだ。

僕の本を見せると、ただちに興奮モード！

彼らの本棚から資料出しまくり、今の現代美術界で、僕の仕事に繋がりそうなものを色々紹介してくれる。

すごい盛り上がり！

僕の作品に心から敬意を表してくれているのが、ひしひし伝わり、こっちもヒートアップ！

四時間喋り捲り！

彼らといつか一緒に仕事ができるのをお互い願い、さらば！

紅さんはいつも素晴らしい人を紹介してくれるシャーマンである。Thanks!

その後は、またアナヤンシと。この人もよく会ってくれます。

シャトレで待ち合わせ。近くに好きな喫茶店があるというので、そこでミントティー。

アナヤンシはまた食べてる！　この人は、よく食べるし、よくしゃべる！　健康的なパリジェンヌ！

しかも現代のことより古いアラブの伝統ダンスやメキシコの刺繍をやってる。

今日もトカゲの刺繍をやっていた。不思議なアナヤンシ。

終始会話。終始熱弁！　彼女との会話は終わらない。

でも時間がきたので、僕はバス停へ、アナヤンシは勿論アラブ研究所！

ダンスのコンサートがあるらしい。

そのまましばし、パリとはお別れ。

ユーロライン（バス）でいざ！　ロンドンへ！

五月九日（日）

バスの中。隣はインド人。

話しかけると、彼はインドで仕事をやっていて、出張でヨーロッパに来ているらしい。

最近のインドの発展ぶりを肌で感じる。

お前はなにをしていると聞かれたので、本を出すと食い入るように読み始めた！　感謝！

とても興味をもってくれ、そのあとドーバー海峡を渡るフェリーでも隣の席に。

彼はバックからなんと「チャパティ」（ナンに似たものです）を取り出し、更に瓶詰めされたカリーも出てきた。

よくインドカレーをつくっている私は、その後カレーの作り方などの話をすると彼も「お前もカレーつくるのか?」と驚き喜び、二人でカレートーク!

さらに持参のカレーも分けて、小パーティー。

バスの中でも売り込みしてみるもんだなと納得。

ロンドンには早朝到着。

ナンペイが住んでいる「Denning Point」というアパートに向かう。

ロンドンの九龍城砦。

ここにナンペイという友人が住んでいて、今日から三日間お世話になります。感謝!

久しぶりにナンペイと再会。彼はこっちで写真をやっている。

部屋は三つあり、友人とシェアしている。

「ミソ・スープ」というバンド(日本でのデビュー決定!)をやっているケンケン、美容師やっていたツックン、ロンドンで美容師やっているマッツ、熊本県出身(!)のお騒がせフクチャン。

みんなこっちでナンペイと知り合ったらしい。やっぱり彼は人を呼びこむ。

みんなとてもよい人ばっかり、来て早々話は盛り上がり、今日は売り込みをやめ、しゃべりに集中する。

みんな色々な方面でがんばっているな。

こっちももっと頑張らなきゃねと気持ちも盛り上がる！

そのまま夜更けまで話は尽きず。

何かが生まれる予感。

彼らも僕の本をくまなくみてくれる。とにかく話は終わらない……。

五月十日（月）

売り込み開始！

まずは本屋から攻めることに。

ロンドンは、チャーリング・クロスという書店街によい本屋は集中。

「Magma」「Shipley」という二つの本屋が一番がんばっているようだ。

二つともかなり好印象。リトルモアのことも勿論承知なので話はスムーズに進む。

その後は、「Photographer's Gallery」と「ＩＣＡ」という二つのギャラリーにも行く。

今回は時間が短いので、ディレクターには会えず、アドレスだけ聞いて退散。

あーこれでメール送って来週会いましょうということになるんだけどなぁ、と悔やむがパリでの売り込みに集中したので諦める。

その後、ナンペイと途中で待ち合わせてた健次君と三人で、バーで一杯！　チアーズ。

今日は珍しくロンドンは素晴らしい晴天！

道端のテーブルに座って飲む。

夕方からは、ケンケンと待ち合わせて「Mad George」へ。

ここは、一七世紀に作られた四階建ての建物を現代美術家のオーナーが買い取って、バーと、ライブハウスと、ギャラリーのある素晴らしい場所に変えていて、とにかくいい。でもホームページには場所しか載ってない。

ここは一見の価値あり。

オーナーは一階から自宅のある四階まで案内してくれた。

その自宅がすごい。屋根裏を改装して、鳥と住んでる。魔女の部屋。

いやいやまたロンドンでもとんでもない人に会っちゃいましたよ。

帰ってきてからも、またみんなと昨日の続きで話しまくる。

なんと明日は最終日。

五月十一日（火）

今日はとことん売り込みしてきました。

しかも、まだ生まれたての新進ギャラリーをいくつも見つけ、オーナーが皆若いのにはびっくりした。

この地域は近いうちに大きなアートの波を起こすことでしょう。

レッド・チャーチ通りです。

一番興味を持ってくれたのは、なんとＡＡスクール。

あのアーキグラムを生んだところです！

うまく展覧会ができるようにしなければ！

アーキグラムとの関連で展覧会をやってもいいと思う。

彼らが考えていた事がある意味、０円ハウスでは実現しているのだから……。

これにてロンドンでの売り込みは終わり、またパリに今日帰らなくてはいけない。

居候先の皆と最後にあって出発する。

三日間だけだったのに、二週間にも感じた濃密なロンドン。

でも昨日来たような気もする。不思議な時間の感覚。

でもこっちで会った人たちもみんなうまく表現しようとしていた。

励まされる！　そうですよそうですよ！

やるだけやって！　駄目でもよくて！　またやって！

その繰り返し。そうやって行きましょうよ人生は！　と勇気づけあい、別れる。再会！

しかも、明後日帰国。

そろそろこの旅も終わりに近づいてきたようです。

五月十二日（水）

今日でいよいよヨーロッパの旅も終了。

最後の夜。まずはお土産を買った。

友人から頼まれていたフォアグラの缶詰。紅（くれない）さんには種を買った。

今夜は今回の旅で知り合った、アントニーとアナヤンシと居候させてくれたタンゴの四人で日本食レストラン「国虎屋」へ。

二人に日本食を食べさせたくて、納豆、冷奴、焼き茄子、味噌煮込み、梅干など普通の料理を注文する。

二人は躊躇せずに、納豆をパクリ！「うまい！」だって。

すごいねこの二人は。この二人にあって僕の旅はまた一層濃いものになりました。感謝！

日本酒もぐいぐい飲むアントニー。アナヤンシはいつものようにマシンガントーク。アントニーも負けない。

話は永遠に続くかと思うほど広がり、納豆とご飯と冷奴をぐいぐい混ぜながら食べる彼らを見ながらなんともいいがたい気持ちになる。

今回はおそらく今までの旅の中で一番人に会った。

しかも、ある人が次の人に繋がり、そしてまたある人を知る、というように全てが関わっていた。

彼らと会えたのは、やはり本のおかげだし、さらに止めずに続けないと。

帰ってメールをチェックすると、ロンドンのギャラリー「White Cube」のディレクターから来ていた。

繋がるもんです、止めなければ。今回は本当に確信した。

できるもんです、止めなければ！　旅で出会った人全てに感謝！

五月十三日（木）

飛行機の中、「解夏」観て泣く。
ワイン飲みまくる。
そのあとよく分からない映画観ても泣く。
おいおい。大丈夫か。
今回の旅を振り返りながら、色々考えることあったもんなあ。と、言い訳。

五月十四日（金）

帰国。
帰ってきて早々、リトルモアに連絡。
本の印刷が遅れている。僕が出発する前から少ししか進んでない。
遅い。本当に遅い。なんでだろう。大勢の人間が動いているんでしょう？
巻き巻きで行きましょうよ！　と少し愚痴です。
こっちはやってきましたよ！　一ヶ月休みなく！

ばっちり成果も挙げたのに……。自費なのに……。

色々うっぷんは溜まったまま、いざ漫画喫茶へ。

そうです。私はパソコン持ってません！

漫画喫茶で更新してます。

メールチェックすると、またまた返事が！

ロンドンのＡＡスクールからです。

いらいらも吹き飛ぶ！

彼らは早い。二日で返事してくる。

ちょっと面白いことになってきたぞ！

ロンドンの売り込みは時間がなかったので心配していたけど、効果十分だったみたいだよ。

そうするといよいよ日本の方の、出版、展覧会のことを現実的に進めないと！

日本のペースは遅すぎる！　もっと巻いて巻いて！

そのあと色々みんなホームページを見てくれているらしく、懐かしい面々のメールが届く！

もうすぐ千人！　アクセスも日に日に増えてる。

さあ日本に帰ってきたので、また大暴れしないとね！

恭平、直感する

五月十五日（土）

南方熊楠は、世の中には「物」と「心」があって、その二つが結びついたときに「事」が起きるといっている。

これはどういう事かというと、目の前にりんごがあるとする。

りんご自体は「物」である。

それを私が食べようと思う。これが「心」。

そして私は食べるためにりんごを手に取る。これが「事」である。

このように、世界には、「物」や「心」は散らばっていて、それらが「縁」によって「事」となり現象として現れてくる。

彼が言っていたこのことが、パリでも頭から離れなかった。

自分で考えているだけでは何も変わらないが、その「心」をもって、人と会ったり、場面に遭遇したときに「事」、偶然が起こる。

ということは人と人が会うということは、その二人どちらもが「心」をもっているから、「物」としての自分の体が、違う誰かの体と「事」を起こす。

ということは全てが必然であるということではないだろうか?

この考え方は、最近、物理学のなかでも適応しているらしい。

原子と原子が出会う理由が「縁」という概念で説明されているのだ。

人間だけでなく、物体にはすべて「縁」が潜んでいる。

それが科学の考え方として現在では普通に取り入れられているが、そのことをチベットの曼荼羅では既に大昔に、物体と物体は「慈悲」によって出会うと言っているのである。

偶然の出来事の中に、実は、世界が保たれている理由が隠されているのではないかと思う今日この頃。

夕飯は弟の手作りパスタ。深夜までみんなでワイン飲みまくりながら、右のようなこと終始考える。

2004

五月十六日（日）

友人上野宅でホームページ更新。

ちょっと写真なども多く入れてみた。

まだ物足りないが……。でももう千人超えてしまった。

今日も何人か知り合いにあったが、ホームページ見てるよー、との事。

こりゃあちゃんとやらないかんですな。

もっと人間の頭の中みたいな構造にしたい。

人間の頭の中には、本棚もあるし、コピー機もあるし、映像も再生できて、音も鳴らせる！

そんな脳みその中の一部屋みたいなホームページにしたい。

デジタルとアナログについて考える。

所謂（いわゆる）コンピューターはデジタルなのであるが、それを使う人間は、アナログの感覚である。

私は人間には、デジタルとアナログの両方の能力があると思っている。

デジタル製品を使わず、頭だけで物事を考えているときも人間はデジタルで物を考えているのではないか？

脳にストックしてある様々な要素をまとめていく作業はまさにデジタル感覚である。

まだちょっと説明しきれないが……。

いずれきちんと文章にしよう。

そのあと久しぶりに友達に会いに、青山ＣＡＹへ。終始踊り続ける！

五月十七日（月）

リトルモアで打ち合わせ。

ようやく色校が出来上がる。遅かったけど仕上げは上々！

今まではプリントした写真をスキャンしていたが、今度はネガごと入稿してくれたようだ。

シャープに仕上がり、大満足。あとは印刷するだけだ。

はやく発売されるのを望む。

ヨーロッパで実感したのは、作品を生ものと思ってくれて、発表するのをできるだけ早くしようとしてくれているところだ。この点には学ぶところがある。

その後、シミさんと「参宮橋ゲストハウス」へ。

ここは小田急線参宮橋駅にシミさんが作ったアパートメントだ。

六月に完成する。ここの地下を借りて展覧会をしようと思っている。

三〇坪近くあるかなり広いスペース。

面白い展示ができるでしょう。

その後シミさんの友人たちと食事。

ディオゴというポルトガル人と会う。次はブラジルに行くそうだ。

次は僕も南米に行きたい。

南米の大都市ではドーナツ化現象で廃墟となったビルに人が住み着いている。それを見てみたい。

ヨーロッパでは0円ハウスはほとんど見当たらなかった。

南米はどうだろうか？　日本独自の家の考え方であることをヨーロッパで実感したので、そのことについても今後調べていきたい。

それぞれの民族の家の作り方と、空間認識の接点を見つけていくと興味深いものが見つかるのではないか？

五月十八日（火）

デイヴィッド・ホックニーについて。

今日彼の作品集を久しぶりに見る。

僕は自分で持っている本を何年も繰り返し読む。

何年か置いていてまた読むと新しいことに気付けるのだ。

彼はカリフォルニアのプール、ホテルなどのポップな絵を描く画家として知られているかもしれない。

しかし、それは彼の側面にすぎず、実際彼が一番興味を持っているのは「時間と空間とは何か」ということである。

彼は一九八〇年頃から写真をコラージュして作品を作るようになっていく。

彼が遭遇したある一場面を小型カメラでフィルム何本も撮影し、そしてそれを30分プリントに出してコラージュを行い、巨大な一枚の不思議な風景写真を作り上げる。

その風景はまさに人間の眼で見た世界がリアルに表現されている。

彼が興味を持った物体はたくさん写真に収められていて、それは微動しているが、瞳孔ではなく、白目のところで見たような風景の一部はぼんやりしている。

写真一枚一枚は静止しているものである。

しかし、彼は独自の方法でそれらを結びつけていくことで遠近法を抜け出た。あたかも自分が今この瞬間、彼の作った空間に飛び込んでしまったかのような体験をする。

彼はキュビズムの可能性を再び呼び起こす。

キュビズムが生まれたのは一九〇〇年ごろ。ちょうどアインシュタインの相対性理論が生まれた年とほぼ同時期である。

その時、絵画と科学は同時にそれまでの人間が常識としていた空間認識の境界を破ろうとしていた。

彼は空間をよく研究し、作品に昇華していく。

「遠近法を逆転すると、無限大はどこにでも存在し、自分自身もその一部になれる。生命や物理的な実在に対する態度をひっくり返すことができる」と彼は言う。

この境界線についての言及は、デュシャンが言っていた「アンフラマンス」（超薄さ）に通じていく。私が興味をもっているのも建築ではなく、建築・人間を取り巻く環境・空間すべてである。

この点を研究していると、みんながひとつのことに向かっているのではないかと思うことがたまにある。

五月十九日（水）

日本に帰ってきたので会おうということになり、親父と食事。

色々話す。長々話す。

親父はこの日記の愛読者でいてくれて、そのおかげで会ったこともない僕の友達をよく知っている。

こういう記憶力は異常に素晴らしいので、パリでのことも本当によく知っている。

ありがたいですけど。

親父との、家族の会話もここ最近変化してきている。

親というか同志のよう。

数少ない僕の仕事の賛同者なので助かっているが。

二人でよく行くところは「富士川食堂」という僕の家の近所の定食屋だ。

今日はそこには行かずに中華料理食べたけど……。

2004

この富士川食堂にいくと僕はいつも思索にふけってしまう。

なんかバラナシのカリー屋のような、パリの古くも新しくもない、ちょうどいいぐらいのカフェのような……そんな大袈裟でもないけれど。

狭くて、長細い店内はカウンターしかない。

店をキリモリするのはちょっと気を使いすぎて、初めて見る人にはどうみても怒っているようにしか見えないお父さんと、その横で焦るお父さんを無言でサポートする寡黙のシェフ、お母さん。

二人の居るスペースはそれはもう狭いのであるが、二人の動く軌道はしっかり定まっており、どちらも無駄な動きひとつない。

ほとんど客には干渉してこないが、時折お母さんが放つ言葉は非常に心地よい。

僕はこの店が好きだ。

古くも新しくもなく、かっこよくも悪くもなく、飯は恐ろしいほど安い。

セットばかりでなく単品も侮れず、二人の間の空間は、馴れ合いの中から生まれた新しい新鮮さを感じる。

まあ定食屋ごときにここまで興奮するのもなんですから、行ってみて確かめましょう。

南口アーケードずっと歩いて蔦屋が見えたら次を右折すると見えます。

焼肉定食四七〇円也！

五月二十日（木）

岐阜で写真撮っている林弘康氏から電話。

ホームページを見てくれたようだ。

彼は、私が十八の時上京してきて入った寮で一番最初に出会った人だ。

あの頃からずっと話し続けている。

今日も彼は何かを発見したような声をだして電話をかけてきた。

彼は、「光」について話していた。

アインシュタインが見つけた光の運動性。

フロイトが言っていた内部閃光。

そのことに共通点を見出し、さらにそれを彼が取り組んでいる「光」を掴まえる写真という作業に結びつけていた。

さらに話を続けていくと僕も刺激され、ある知覚のモデルをイメージさせた。

2004

人間は普段、ある対象（空間）を客観的に捉えている。

というか捉えているというふうに錯覚させている。

ある空間をその場所とは全く関係ない、「ねじれ」の位置からとらえている。外にいるのだ。

しかし、最近気付いたのはそのような外は存在しないのではないかということだ。

僕は常に空間の中のどこかに位置している。

しかも、止まってはおらず微動している。

空間の中に存在しない自分というものは存在しない。

ちょっとややこしくなってきた。

常に空間を我々は体験している（その空間は二次元でも三でも四でもあるだろう……）。

目の前の物体はどんなコンピューターグラフィックスよりも鮮明で立体的で、聞こえてくる音はどんなサウンドシステムでも表現できないほど「生音」である。

そのように常にダイナミックでダイレクトなのである。

僕は新しい感覚とか、新しい表現なんか求めてない。

ただ毎日体験している自分の身の回りの空間をもっと直に感じたいのだ。

体験している日々とは一体何者かを知りたいだけだ。

僕がそのために作る、編集する、調律するものは、空間が何たるかを理解するための過程であるだけだ。

五月二十一日（金）

昨日、林氏が聴いた方がいいと教えてくれたキース・ジャレットの「ソロ・コンサート」を買う。

彼はケルン・コンサートがいいと教えてくれたのだが、無かったので「ソロ・コンサート1」ブレーメンで録音した初めての即興ソロ・コンサートにした。

家に帰って聴く。いやーきましたね。

自分が求めていたものに会う時の興奮は自分に自信を与えてくれる。

凄すぎて落胆もしたけど……。

完全にフリーのため調子が乗ってこないとメロディーも生まれてこない。

だけど僕にはそこが一番気に入った。

次の音が出てこないため、彼はそれまでのフレーズを繰り返し弾く。

時には強く、時には弱く。

それでも出てこないのでベースを替えてみたり、ピッチを変えてみたりする。

そのようにして彼が放つ音は静電気を貯めるかのようにループを続ける。

そして、次の瞬間、軌道を描いていた宇宙船が接線方向に加速度をかけるように彼は指でキィを叩く！

貯められた電気は一気に放電し、そこに空間が生まれる。ブラボー！

クラシックとブギウギの交差点。

黒人のブルース野郎が得体の知れない金属製のバックから、ガムテープで角を固定しているビートボックスを取り出し、アコースティックギターのリフを永遠繰り返しているような不思議な光景が目に浮かぶ。

その中のライナーノーツで、初期のクラシックの実験のようだと書いてあった。

初期のクラシックは、即興であったらしい。

それを想像するだけで近未来映画何本分にも相当するような四次元的思考がくすぐられるが……。

ベートーベンも放浪しながら、パトロンの家に行き、何時間もインプロヴィゼーションしていたのだろうか……。想像は尽きない。

五月二十二日（土）

高円寺「イル・テンポ」という写真ギャラリーに行き、中里和人氏の展覧会を見る。

氏とは久しぶりに会う。

氏は小屋の写真を撮っていることで知られているが、今回の展示は、最近氏が注目している、闇の中の光の作品が並んでいた。

彼は日本しか撮らない。

しかし、その写真に映った風景は現代の日本を撮ったとは思えない。

さらに私達の記憶の中にある風景に寄ってくる。

それはノスタルジーという言葉では説明できない、人間の持つある一つの原風景を呼び起こす。

ノスタルジーではない回帰。

それは高校生ぐらいに何も分からずに買ったレコードをそれから数年たったある日、ふと聞いて衝撃を覚えるような体験に近い。

あれは一体何なのだろう？

幼児期、少年期の時に持っていた自分の直感に大人になって気付く時。

2004

そこらへんを彼は静かに突いてくる。

昔の事を思い出すというのには二つあるということか？

ノスタルジーというものは、自分が記憶している既知の事実を思い出すときを指す。

もうひとつは、自分が幼いときに分かってはいなかったが直感として感じていた事をもう一度気付くことを指す。

レーモン・ルーセルという作家は後者のものを探りながら作品を作っていた。

例をあげると、子供の時には皆色々な言葉を間違って覚えるものだ。

僕の事で言うと、僕の祖父は「木山（きやま）」という場所に住んでいて、家族で祖父の家を訪ねるとき両親はよく「おじいちゃん家（ち）」とは言わず、「木山」に行こうと言っていた。

そのため僕には「木山」というのは祖父の名字だと思っていたのだ（勿論本当は「坂口」である）。

しかもそこは結構田舎で、木や山が見え、それだから木山という地名なのであろうが僕にとっては「祖父の名字」なので、「木山」という言葉を聞くと木山という名字の祖父が木や山に囲まれている風景を思い出すのであった。

しかし、小学生の半ば、その間違いに気付いたときはなぜかショックを受けた。

自分の頭に描いてきた風景が一瞬にして崩れ落ちたのだ。

話は変わるが、私達はよく駄洒落をいう。

この駄洒落というものは、子供の時の前述した間違いの逆流を行っているのではないか？

そのような大人がする遊びとしての駄洒落を幼児期への無意識的な回帰とは考えられないだろうか。

ちょっと深く考えすぎかもしれないが……。

しかし、私はこの点を見逃すことができない。

幼児期の人間がつくる世界は二つあるということだ。

前述の間違いのような世界とその後の気付いてしまった世界。

私はこの二つを同時進行で広げていくことが人間にとって必要な空間感覚を身につける方法だと思っている。

人間は気付いてしまった後の世界が本当だと考えて、幼児期の世界も半分役目を持っていることに気付いていない。

しかし、「駄洒落」を駆使することで我々は無意識にもう一つの空間へと笑いながら突進しようとしている！

五月二十三日（日）

三軒茶屋にある、家の中が温室になっている神父さんの家を久しぶりに訪ねる。

彼は、僕のことを憶えていてくれて、また花の話で盛り上がる。

栽培が難しい高山に生育している花なども育てていて、毎回訪ねるたびに違う花が顔を出している。

今度、次のテーマとして「庭」を撮影しようと考えている。

ガーデニングを軽く越えていってしまったような庭を撮っていきたい。

彼の庭もその中に入るだろう。

東京という狭い住空間に住む人間はそれでもユートピアを作る。

小さい庭の中に！　少しずつ始めるつもりだ。

その後は下北沢で友人の劇団「M魂」の公演を観る。

場所は「東演パラータ」。

この劇団は、全然有名ではないが、私は友人の薦めで見にいって以来、毎回来ている。

内容は、恋愛あり、サスペンス、笑いも微妙にあり、殺し合い、アクションシーン、立ち回り、兄弟愛、怨霊の登場、と書いてる僕も意味分かりません。

でもその濃密具合が癖になってます。

今回はちょっとSFものになっていて、設定がよくあるパターンで、結果もう−んって感じだった。

いつもはかなり普通の家族が、相当可笑しい事実が明るみに出てくることで大変なことになっていくという、ハードコアメロドラマなので凄かったのであるが……。

まあ次回に期待しましょう。

深夜、音楽仲間の上山君来訪。

キース・ジャレットのピアノを生楽器でサンプリングして曲作り。三曲が出来上がる。

そのまま二人とも興奮状態に突入！

これをライブでやらねば！という話にまで発展。

明日場所を確保するという話にまで成長し、朝方、彼は帰った。

五月二十四日（月）

昼頃、上山君から電話。

2004

場所確保したとの事。やったね。

どういうライブになるのだろうか？　楽しみだ。

まずは実験的に一回、早いうちにやってみようということで六月六日の日曜日にやる。

「ＴＡＣＴ」という集会を開くことにした。

ＴＡＣＴとは指揮者がもっている、あの指揮棒のことだ。

さらにその言葉は、南方熊楠が「直感」というものを説明するときに使った言葉でもある。さすが熊楠。

その企画はまだぼんやりとしか見えてこないが、とにかく続けていけるようなものにしたい。

今は発表する、発表したい場所がない。どこも決まりきったものしか出てこない。

そんな直感を感じられるような場所を作りたいとかねてから考えていた。詳細はまたここに載せます。

人間が直感をひらめく瞬間の頭の中の構造のようなものを具現化できるようなものにしたい。

朝まで生テレビ風のようなものでもいいかもなんて考えてもいるが……。

とにかく出版だけでなく、色んな意味での「ライブ」を催したい！

五月二十五日（火）

深夜に、今井コウタ来訪。
ワイン二本買って話しまくる。
彼とは初めて会った。紅(くれない)さんが紹介してくれた。
彼は、今はサラリーマンをやっているがもうすぐ辞めて、ブラジルに飛ぶそうだ。
ジョルジ・ベンかー。いいな。
彼は二十四歳の若者で、画家を志している。
出会ったそばから彼が話し出す。僕も応戦！
まだ自分のヤルベキ事を探している最中のようだ。
彼の印象派たちの絵画への理解は興味深い。
最近の現代アートにはほぼ興味がないようだ。
ブラックとピカソの関連について話が盛り上がる。
ブラックは直感で「キュビズム」を発明した。
しかし、ピカソの方がうまかった。と僕は思っている。

2004

ピカソにとっては「キュビズム」は手段でしかなかった。

彼は絵画を描くということが目的ではなく、ダイナミックな生を体験するためのプロセスでしかなかったと私は考えている。

ブラックは絵を描いた。ピカソはプロセスを描いた。

どちらがいいとかではない。ただ向かっていくところが違ったのだ。

その話を進めていくうちに、今井コウタはほんとに絵が好きなのだな、絵を描いていきたいのだな、と思った。

それに比べ私はどうだろう。

自分はどこに向かっているのか？　自分としては概念においては先が分かっているのだが、それは一体何なのだろう。

久しぶりに自分の事をこんなふうに振り返る。

僕は断然プロセスとしての作品を作っているのだろう。それは分かる。

その先が空間認識についての事であろうというのも分かる。

でももう一つ先がいるのである。空間と空間の間にゼリー状のものがあり、そのおかげで私達には世界の輪郭がはっきりと見える。

そのゼリー状のものは、空間の中で起きる様々な化学反応をコード化する「トランス」のようなものである。

でもまだちょっとフォーカスしきれてませんな。まだまだです。

五月二十六日（水）

ロンドンで知り合ったケンケンが製作した映画の映像を日本に持って帰って知り合いのケイ君に渡してくれと頼まれていたので、今日彼に渡した。

新宿でちょっとお茶を飲みながら談話。

自分の本の話もして、作品も見せる。

ケイ君は、「スペクテイター」という雑誌の編集をしていて、僕の作品にも興味を持ってくれたようだ。

そのまま編集室に行ってみませんかと言われたので、行ってみることに。

場所は千駄ヶ谷のマンションの一室。

狭いワンルームの部屋が編集室だ。

そこには他の編集者や、編集長もいて、すかさず本を見てもらう。

彼らも、ホールアースカタログの主宰者のスチュアート・ブランドにインタビューを試みたこともあるとか話していたので、僕の本のインスピレーションの一つに「シェルター」や「ドーム・クックブック」などの本があることを話す。

かなり興味を持ってくれた。

日本でもヨーロッパのようにもっと色々持っていって話をすることの重要性を感じる。

これは売り込みというのとはちょっと違うかもしれない。

その後も色々話は飛び交い、その中で「Trolly」というロンドンの出版社の話が出てきた。

彼らとは交流があるようだ。

そこのＡＤをしている人が今日本にいるから会ってみないか?と言われた。

この出版社は、私がパリで会った「Blast」という雑誌の編集者がロンドンではそこに行け!と教えてくれたところだった。

しかし、ロンドンに着いていってみたものの、編集長が忙しいということで会えなかった出版社だった。

それが回りまわって日本で会えるなんて……。

世界はよく分かりません。距離感が全くつかめなくなる。

しかし、また繋がった。ちょっと時間はかかったけど……。

ヨーロッパでの行動はまだ僕に面白い体験をさせてくれるようです！

五月二十七日（木）

ロンドンの書店「Shipley」から連絡。

ぜひうちの本屋に置きたいとのこと。

ここの書店はアートから建築、テクノロジーなどそこら辺のアート系書店とは趣味が違うのでいい。

パリのＯＦＲからも早く本を送れと催促。

ヨーロッパの個人書店のパワーを感じる。まだまだ印刷物も可能性あるな。

ネットがどんなに広がっていっても、人間は手に取ることのできる「物」が必要だ。

本はその点で、ただの情報だけではない。しかしネット上も最近は侮れないわけで……。

ダモ鈴木のホームページ拝見。

この人は一九七〇年代に完全に今主流になっている音楽観を予知していた「ＣＡＮ」というドイツのバンドのボーカルをやっていた日本人だ。

彼は今も「Never Ending Tour」と題し、終わらないツアーを続けている。

ホームページはまた凄いことになっていた。

日々続けられるツアーの記録が記され、さらにダモ鈴木とチャットで会話ができるようなシステムになっている。

彼のページはまさにその人の頭そのものになっている。情報だけではないのだ。

その人の頭の構造が顕わになっている。浮き出てきている。

ホームページはこうでなくちゃいかん。

しかし、コンピューターとはなんとも奇妙だ。

自分の頭の中のものが外の空間に顕在されていく。

さらに本やコンピューターと同じように音楽も情報ではないかというような考えが浮かぶ。

しかも理解する情報ではなくて、「感じる」情報だ。音楽はひとつの予知である。

五月二十八日（金）

中沢新一「幸福の無数の断片」読書。

その中のアールヌーボーに対する彼の見解が非常に興味深かった。

彼はまずそれが「芸術」であることは二次的な意味しか持たず、それはまさに「工芸」であるという点を指摘する。

それは無から有をつくるのではなく、材料である物質自身の持つ「くせ」に自分の想像力を適応させていかなくてはいけない。

アールヌーボーは最後まで謙虚な非個人性の特徴を失うことがなかったと。

ガラスや鉄や銅や石がもつ「カオスモス」（カオスとコスモスが一体になった状態）の中から職人たちは自由な動きに満ちた秩序を出現させながら、個人主義のしがらみからも自由な立場で、地下鉄やポスターや建築というような人々が日常接することのできる作品を通して表現した。

さらに彼は最後に「浮世絵」を通して日本の「無」の感覚を取り入れて発達していったとしながら後半に日本人に対する意見をこう述べる。

「日本人はかつて一度も、自分から芸術などをつくりだそうとした覚えのない民族である」

日本人はアートを単体で生み出すことはせず、常に何かの目的で作っていたらそこに突如「アート」と呼ばれるようなものが出現してくるのだと。

「工房哲学」。この点はなんかもっと探る必要がありそうだ。

五月二十九日（土）

以前言っていた「ＴＡＣＴ」というライブ大会を開催することに決定！

第一回目は僕たちのバンド「Tuning」と友人達がやっている「No'in One」の二つのバンドのライブ。

日時は六月六日の日曜日。

場所は早稲田大学学生会館地下一階の一〇三号室。夜七時から九時三十分までやってます。料金は五〇〇円。たくさん見に来てください。

今日の夜は、トミーとヤスのＤＪ聴きに代官山へ。

音楽は生音でやるべきだと思いつつも、やっぱりＤＪのかける音楽も好きなんです。

しかし、それはまた違った聴き方をしているのだろう。

ＤＪが流している音楽で言えば、名前も知らないレコードがかかっている時のほうが「音に気付く」事は多いように思う。

その時、僕はどうしても知りたくてＤＪのところに寄っていって曲の名前を聞いてしまう。

しかし、聞いてしまった途端にそれまでの得体の知らない振動が「ぴた」と止まってしまう。

知らずに家に帰るのが一番いい。

でもあのときに震えてしまったアノ曲を家に帰ってからも聴きたいという欲望も強いのである。

結局僕は、毎回曲名を聴いて、帰ってからレコード屋で買ってきて、一人家で聴いて満足する。

しかし、家で二回目にその音を聞いたときにはもう初めて会ったときのような振動は襲ってこない。

その曲のどこがいいのかが分かってくるだけである。

僕はいつもあの初めてすごい音楽を聞いたときの振動を求めてしまう。

二回目からの聴き方とは明らかに違うのである。

二回目からは体で聴いているのではなく、頭で聴いて理解している。

しかし、初めての時は頭で聴いている暇がない。体全身を必死に使っているのである。

人間は音を耳によって聴いている。僕は耳には二つの使い方があると思っている。

一つは、会話のときのように受信する使い方。まあこれが一般的な使用法だろう。

最近私が考えているもう一つの使い方は、楽器としての耳だ。

僕には耳がサックスとかの管楽器の口をつけるところ（あれは何というんだっけ、マウス？）に感じられてしょうがない。

2004

人間は耳から音楽を入力し、体の内部全体を使って、入力された音を増幅していく。人間の体全体が楽器となるのだ。

その時は、音は頭で理解するのではなくて、ただ感じている。

僕が音楽を聴いていて振動を感じるときはいつもこのイメージがぴたりとあてはまる。

耳は体の外からの音楽を内にインプットするのだ。

初めて曲を聴くときはこれだけしていることになる。

二回目からは頭もつかって聴いているのだ。耳はアンテナであり、また楽器でもある。

この不思議なパラドクスを見つけたとき、人と話す「会話」が盛り上がってきたときの事の説明ができる。

「会話」は不思議なものだ。「もの」じゃないかもしれない「生き物」だ。

会話を続けていくうちに、興奮状態になってあるグルーヴがうまれることがある。

ヨーロッパでそうなった時は、相手があたかも日本語で喋っているのではないかとも思わせた。

それは、アンテナとして受信しかしていなかった耳が、ある境界線を越えていき、会話を「理解」するのでなく、「感じ」られたからではないか？

その時、耳は楽器へと変態していく。

そこではもう言葉の意味など関係なくなっていく、というかその「意味」すらがリズムになっていくのではないか？

体は人間の気付かないところで、様々な運動を起こしている。

まだまだ解明する事はたくさんありそうに思える。

だってまだなんで人が物を「見る」ことができるのかさえ完全には分かっていないのだから。

五月三十日（日）

昼過ぎにスタジオで練習。

今回の編成は僕（歌・ギター）、亮太（ドラム）、新庄（サックス）、上山（ピアノ）、橋本（ウッドベース）の五人。

曲は大体この前上山君が家に来たときに作っていたのでその音合わせ。

今回の曲は色々なレコードからサンプリングしてループを作った。

サンプリングといっても、機械を使っているのではなく、耳できいてそれを生楽器でサンプリングしていくのだ。

この前聞いたキース・ジャレットの曲もサンプリングしている。

練習はベースをいれなかったが、大方うまくいった。

セッションやインプロヴィゼーションとはちょっと違う形にしたいと思う。

それでいて固定されていない音楽を目指す。

僕の主催のライブは初めてなのでどうなるのか全く見えないけど。

目的は続けることでもある。

五月三十一日（月）

ケイ君と待ち合わせ。

本を返してもらう。

「スペクテイター」の編集長、青野氏も僕の作品を見てくれていて、気に入ってもらえたようだ。

ケイ君は編集をやっているのだが、これからの事で面白くなりそうな話。

彼とは色々やってみたいのだが……。

その後、紅（くれない）さんの家に。パリでお世話になっていた滝田さんが帰ってきていると連絡を受けたので、目黒に行ってみる。

久しぶりに会う。
今回は滝田さんに本当に助けられた。感謝している。
今日は僕も含めて四人が遊びに来ていた。
欧州の旅の話などする。
全員、会話はスパークしてしまい、朝の六時半にまで及ぶ。
これからの励みになるよい集会でした。

六月二日（水）

夜、音合わせ。
よくまとまってきたのだが、まとまったら駄目なのだ。
下手くそに意識的にやるのではない。
自分自身に対してだけ素人であることだ。
自分自身をまだよくわからない未知の存在として認識する。
とても難しい作業だが、僕としては日常をこのような感覚で送りたいと思っている。
それが音にも現れてくれれば面白いことになるだろう。

2004

今回は全員集まって練習することができた。

しかし、練習といっても僕たちは毎回やるごとに新しい曲をやっているので厳密に言えば練習ではない。

既知と未知についてだが、旅行で成田空港に行くときに、なぜかいつも乗っている山手線から見える風景が未知の風景に見える。これはいつ体験しても興奮する出来事だ。

これはどういうことを示すのだろう。

私はいつもこの時の「目」を使って日常を生きたいと望む。

すべてを初めて見た時のように見る。なぜ違うのか。

すぐ人間は慣れる。慣れるということは輪郭を描いてしまうということだ。

輪郭など実際には無いと思っている。

それぞれの細部が揺れ動くことで物体は安定している。

むしろ不安定だからこそ、それは生存している。

旅行に行くときなどは、日頃の感覚がリセットされるために、いつもは簡単に架空の輪郭を描いて周りの風景を見ていた目が、すべてが部分部分の集合だと気付く。

それが風景を見たときの印象を劇的に変えるのだろう。

そのためには、常に全体を描かず、部分の集合であることを意識することが大切である。

六月三日（木）

リトルモアで打ち合わせ。

今日は表紙と、カバー、裏表紙、帯の色校が出来上がる。出来映えは上々！

いつも時間は予定より遅れてしまうことが多いが、その分、仕上がりは抜群にいい。

これで全ての色校が揃い、調整を済ませるといよいよ印刷が始まる。

今回は、印刷所の見学もできそうなので、いい体験になりそうだ。

はやく出来上がった本を見たい。

まあここまできたら焦らずやらなくてはね。

六月四日（金）

藤森照信氏の雑誌の文章を読む。

彼は、建築が他の技術と比べてかなり遅れていることを指摘する。

飛行機、橋、船舶などは常に効率のために最先端技術が利用されているのに建築にはそれらのほとんどが実際は利用されていない。

というか「建築」というものは実はそれらの技術を駆使するような分野とは完全に違うものである。

ここは非常に重要なことであるように思う。

技術としての建築の発展は、今後あまり期待できない。

かといって芸術と称し、絵画のような建築をつくるというのも、ちょっと違う。

その間にごろんと寝転がっているものなのだ。

彼は、その見出しに、「これからは、アウトサイダーといわれている人たちが、建築を作っていく」と書いてある。

これはどういう意味なのだろうか？

僕が考えたのは、まず人間みな実はアウトサイダーであるということだ。

人間個人個人を見ていくと、それぞれ違う趣向、性格を持ちながら生きている。

しかし、大抵の人間は自分はインサイダーであって、社会に順応している、その社会全体の一部であると感じている。

しかし、それは全くの幻想であって、個人個人はそれぞれが部分でしかない。それらを集めたような「全体」と呼ばれるものは実は存在しない。一昨日も書いたように、勝手に人間が輪郭を描いているに過ぎない。

そのため、私たちは、インサイダーではなく、アウトサイダーであるとも言える。

しかも、中心点が存在しないので厳密に言えば「イン」と「アウト」では区別できない。

そのことを自覚したときにこそ自分独自の斬新でも革新的でもなんでもない自分だけの「建築」「生活」「環境」が生まれるのではないか？

彼はそれを逆説的に「アウトサイダー」と言っているのではないか？

六月五日（土）

ケン・ラッセルの映画「ソング・オブ・サマー」を観る。

ケン・ラッセルはあの「アルタード・ステーツ」という映画を作った監督で、ここには一人の芸術家の創造の過程が描かれている。

音楽家の名前はフレデリック・デリアスという人で、彼は梅毒のため失明し、体も思うように動けなくなっている。

そこに、ラジオで彼の音楽を聞いて感銘を受けた青年が、彼の手足となって作曲を手伝いたい

118

と訪ねてくる。

そして、デリアスとその青年は二人で作曲を始める。

青年はデリアスが本当に真の姿で自然にぶつかっていき、音楽を自然から得ていることを発見し、青年はさらに発奮し作曲をしていく。

この映画はその光景を人物にクローズアップするのではなく、作曲の過程を通じて表現している。

まだ売れっ子になる前の頃の作品だが、僕は一番衝撃を覚えた。

彼が描いているデリアスのような正直な、真っ直ぐぶつかる表現者になりたいと思う。

六月六日（日）

「ＴＡＣＴ」開催日。

まさにＴＡＣＴ（直感）だった。

自分たちで機材、照明を配置し、場所も大学の中。

完全に手づくりで場合によっては最悪の状態も免れないなと思いながらのぞんだ。

結果は予想以上の展開。みんな音楽を欲していることに気付いた。説明できない。

しかし、今回の動きはムーブメントに成長していきそうなくらい手ごたえがあった。

一緒にやってくれた「No'in One」がまず、一発目にドカンと凄い音をだしてくれて、来てくれた人たちもなんか異常なことが始まったような予感を感じる。

そして僕たちのライブ。

僕も興奮状態に入っていて、バックのみんなもそれにうまく乗ってきてくれた。

今まで練習してもいないような音たちがポンポン出てくる。

お客さんも振動しているのが分かる。久々の一体感。

こんなライブやりたかった。それがやれた。

興奮状態のまま、お客さんも交えて次は神楽坂居酒屋竹ちゃんでさらにセッションは続き、至福。

次も来月に開催することをその場でみんなで決める。

よし、色んなことが絡んできた。もっと面白い音楽家を集めよう。

そして、ポスターは今井コウタに頼む。今度は伊藤に映像も頼もう。どんどん広げていこう。

六月七日（月）

2004

午後六時より新橋ヤクルトホールで福田和也×柄谷行人の公開対談を見に行く。

題目は「二十一世紀の世界と批評」。

物質と観念の二項対立のものだった世界が、情報によって壊され、物質も観念も情報に取って代わってしまったという話から始まる。

そのことはハイデガーが言っているのだが、コンピューターの出現で哲学が死んでいく。

そのまま話はナチス時代にドイツに協力していたフランス人（コラボと呼ばれていた）につながり、ハイデガーはその時の書簡にナチスがアメリカニズム、グローバリゼーション（ハイデガーも一時ナチスにコミットしていた）に抵抗できる可能性のあるものとみていたと書いているらしい。

市場経済におけるグローバリゼーションは個人を希薄にするもので、それに対抗するものとして完全な個人性として何があり得るのかという話に変化していく。

一九三〇年代は資本主義にたいして文学や国家が抵抗していたが、現在はグローバリゼーションの波を受け、国家というものも消え、文学で抵抗するというのももう無理があると。

それでは何かというと柄谷氏は（普遍）宗教と語る。

どのような宗教かというのには今回触れなかったが……。福田氏は暴力についてアルジェリアの思想家のファノンを取り上げる。

「黒人が白人によって受けた迫害の傷は、『暴力』によって抵抗した時に回復する」

この言葉は今の世界情勢も物語っている。

じゃあそのなかで文学ができることは何もないのか？

そこで福田氏は、小説は、小説にしかできない事を、映画が登場してから始めたことを言った上で、小説にできるのは、映像化できない、人間の内面、認識の運動の時間であると言う。

内面を通過する時間。

ドンキホーテのような叙事詩は完成された世界で全て物事が成立しているために内面の世界が存在しない。

しかし、近代文学はこわれた世界に住む、こわれた人間のこわれた事物を扱っているので内と外が顕在化し、偽善が存在する。

村上春樹についても話し、彼の作品は、内面と外面の区別が無い状態であるという。

しかも、そのスタイルも形式化することで社会も現実も存在しないような状態になり、彼のスタイルがそうなることにつれて、世界中で彼の作品が読まれるようになった。

本居宣長の話になり、彼のいっていた「大和心」と「唐心」のことの説明。

そこで宣長の「大和心」とは、好きな事をして、食べたいものを食べ、好きな女性と遊びまくるというような意味だったらしい。

理性を超えていく超感性のことだ。

ハイデガーはニーチェの「神が死んだ」という言葉を神が本当に死んだという意味ではなく、神と物質の境界線が死んだということであり、神の中に物が存在し、物の中に神が存在する。

そしてそれらをそう表すのは「情報」であるという事も彼は指摘する。

人間ではないのだ。人間はそのネットワークのインターフェースでしかない。

情報化時代の日本を福田氏は年の差のギャップが希薄になっている状態であるという。

そのような時代は以前にも一度あった。

それは皆が浮世絵、歌舞伎、相撲を見、十代の少年が四十歳の中年に勉強を教えたりしていた「江戸」である。

現代日本の「江戸化」。話は、世界自体も「江戸化」が進んでいるというところで終わった。

かなり興味深い話だったが、批評家が今現在の文学を批評しない対談とは、これからどうなるのか彼らも分からないのだろう。

恭平、研究する

六月八日（火）

次のライブの予定を立てる。次回は来月の中旬になる予定だ。

今度はもうちょっとバンドを増やしていこうと思っている。

何か例外者たちのライブのようなものになればいいと思っている。

どこのジャンルにもそぐわない者たちの表現の場。

ただ、音楽のイベントを今行う必要性があるという直感はあるのだが、それがどこに向かっているのかがイマイチはっきりしないのは確かにある。

それは僕が音楽をやる理由にも繋がる。

まだ自分が行っている仕事の一貫性を完全に感じきれてない。

しかし、こういうことはじっくり時間を経たある日気付くのだろう。

とにかく大事なことは前に進ませることだ。そのうち分かるはずだ。

六月九日（水）

「超ひも理論」研究中。

一九八〇年代に生まれたこの物理理論は、相対性理論と量子論を結ぶ重要なものである。

超ひも＝Super Strings。

原子を形成する素粒子の元になっているものは、点のように二次元的なものではなく、ひも状になっていて多次元的に広がりをもつという考え方であるが、そのことの感想は読了後することにする。

僕が今読んでいて、「ひも」という言葉に何か頭の中のジグソーパズルが出来上がったかのようなスッキリした感覚を抱く。

「ひも」は弦楽器を想像させ、音楽的なイメージを呼び起こす。

古代ギリシャ、ピタゴラスたちは、数学を研究する時、音楽のハーモニーを参考にしていた。

弦楽器、例えばギターを二本用意する。どちらも同じ調律をしているとする。

一方を鳴らし、もう片方に近づけるとその鳴らしていない方のギターも、完全に調律が合っている場合のみ音を鳴らす。いわゆる「共鳴」だ。

彼らはこの音楽の「共鳴」には地球的規模の法則があると確信していた。

それらの音は1度、2度、3度と数字で表している。数字、数学によって地球と共鳴しようとしたのではないか？

この両方の相反しそうな音楽と数学を古代ではむしろ同時に考えていたのはとても興味深い。

彼らはその他の建築、天文学、医学などすべての学問が地球と共鳴するためのものとして考えていたのではないか？

今の細分化している状況とは真逆だ。

目的のための手段であるテクノロジーが細分化することには厳密に考えると意味があまり無いように思える。目的に向かおう。

そのために様々な技術を駆使する時が来ているのである。

六月十日（木）

柄谷行人氏の「隠喩としての建築」を読む。

その中にマクルーハンという批評家の言葉が載っていてそれがすごく気になった。

2004

「初期印象派の絵画はテレビの画面を先取りするものだ」と書いてあった。いずれも点の集積で画像をつくるからだ。

つまり、近代絵画や文学はテクノロジーと関係しているどころか、それ自体がテクノロジーなのである。これは非常にショッキングな言葉である。

芸術家らしい、それっぽい作品が多く作られる今、この言葉はすごく意味を持ってくると思う。

新しい感覚を私たちがそれらの作品から感じたとき、それは新しいテクノロジーを意味するのではないかということだ。

この視点で歴史を振り返るととても興味深い結果がえられるのではないか？

非常に新鮮な気持ちになる。

午後はリトルモアで打ち合わせ。

再来週には印刷の立会いができそうだ。

その他、詳細もほとんど決まり、後は営業頑張ろう。

できるだけ多くの人にこの本を見てほしい。

そのための最善は最大限に尽くそうと話し合う！

六月十一日（金）

フランスの「Blast」からメール。

雑誌に載せる写真を早急に送れとの指示。

友人宅で慣れないパソコンでどうにか送る。

六ページ分掲載してくれるそうだ。七、八月号に載ります。

この雑誌は、ヨーロッパ、アメリカ、香港、東京で発売されるのでかなり色んな人からの反響が期待できる。

その後、編集長のオードリーからギリギリで間に合ったとの返事。

六月十三日（日）

中目黒の「Art Bird Books」という僕も非常に頼りにしている写真集屋に本を見せに行く。

店長は加藤氏という方で、本を見せると途端に表情が変わり、しだいに興奮状態へと突入！

僕が意図している新しい記録写真のコンセプトをすぐに理解してくれた。

この人の写真集のコレクションには尊敬の念を持っていたのでいい評価をしてもらい単純に喜

ぶ。

写真評論家の飯沢耕太郎氏に電話をかけて紹介してくれることに。いい流れだ。

その後、自分からも電話をかけると、会ってくれると言ってくれた。

氏は東京総合写真専門学校の講師をしているのでそこに来てということに。

しかも何か学生に喋ってくれないかとも言われる！　面白くなりそうだったので快諾する。

日時は六月二十八日。今日は人の流れがかなりスムーズな一日でした。

六月十四日（月）

深夜、ＮＨＫ「夢・音楽館」で松浦あややのライブを観る。

彼女は凄い！

今日はいつもと違ってバックには生ビッグバンド！

しかし、彼女はどんな状況でも自分の歌を一〇〇パーセント出せる！

彼女の音楽に対しては僕は殆ど関心がないが、彼女の歌声は人を魅了するものがあると思っている。

なにより僕が感じるのは、彼女が歌を歌っている時に彼女から発生する万能感だ。

いま彼女は何をやっても自分の力を一〇〇パーセント出せるのであろう。

少しも気負わず、さらに油断もしていない。

この姿は非常に参考になる。

いいぞ！　あやや！

六月十五日（火）

フィリップ・ソレルス「例外の理論」を読む。

序文には創造の行為が行われるときにその内側から行為を覗き込みたいという彼の願望が描かれ、聖書と「アヴィニョンの娘たち」が並列しているという刺激的な文章が続く。

それらはジャンルに縛られることのない、「例外者」だと彼は説く。

私の頭もスッキリしていく。

ピカソの文章が引用されている。

「わたしが絵を描くのは他の人が自伝を書くのと同じことだ……。わたしには思考そのものよりも、思考の動きのほうがずっと興味深く感じられる」

また「造形の行為そのものは二次元的なものにすぎない……。大切なのは、行為そのもののドラマ、つまり宇宙が逃走しておのれの崩壊に遭遇する瞬間」と！

限りない個人というリアリティ。

それこそが全く人と異なる自分にとっての表現となる！

私も止まらず、このままで突っ走ろうと誓う。今日は収穫！

六月十六日（水）

今日は昼から雑誌「ペーパースカイ」の副編集長の井出氏と会う。友人の紹介。「ペーパースカイ」が最近作った「２４６」という青山一丁目にある本屋で話す。私の本を見せる。

彼も以前、大阪の西成の方に住んでいたらしく話はスムーズに進む。

その後、展覧会の企画の話をする。

彼の友人の持っているスペースでエキシビションをやっていこうという話が出ているのを聞いていたので、ぜひそこで展覧会をやりたい。

それも写真展のようにただ写真を並べるのではなく、僕が作った「０円ハウス」や、自分で撮ったドキュメンタリーを流したりできるような、複雑な人間の思考の動きを体験できるような展覧会を。

その話を井出氏に話すと彼もすぐ理解してくれて、考えてくれるそうだ。

面白くなってくるといいが。

六月十七日（木）

ボブ・ディランの歌の作り方。

かれは詩からつくるのでもなく、曲からつくるのでもない。同時につくるのである。

まず彼はギターを持って思い思いに歌を歌う。

それはきちんと言語化されてないものだ。

さらに彼はまた同じようにその歌をうたっていく。

そうするうちにそれらの言葉のような音に焦点が合ってくる。フォーカスしていくのだ。

その音たちは次第に言語化され、いつかそれは完成し、「歌」となる。

彼はそのように一昨日のピカソの話のように思考の動きに注目する。

ここで僕がどちらにも感銘を受ける理由が分かった。

要は思考そのものではなく、思考の「運動」が問題なのだ！

六月十八日（金）

一日自家用版「0円ハウス」案のスケッチ。

これがなかなか難しい。

僕としてはシステムにできない不確定なものを図面化していきたいのだが、そうするとすぐスケッチは拡散してしまい、掴み取ることができない。

路上で拾えるもので家を作っていくことが重要なのだが、それでは毎回毎回全然違うものになってしまう。

そこに小さい何らかの規則を作ることができれば、さらにそれを超えていく「例外」をうみだせるのだが……。

まあもうちょっと続けてみよう。

恭平、営業する

六月二十一日(月)〜二十二日(火)

印刷立会いの日。

初めて凸版印刷を訪れる。インクの匂いが凄い!

今日で全てが決定する。

朝一で印刷ホヤホヤの一枚目を凸版印刷部の若手のホープ桑原さんが持ってくる。

それを僕と、編集者の浅原氏と、デザイナーの宮川氏の三人で一枚一枚チェックしていく。

僕たち側からの提案がうまく通っていくのかが始まる前の僕の心配事だったのだが、それは職人さんたちの顔を見た途端に消えうせた。

職人さんたちもこの「0円ハウス」を見て、とても気に入ってくれていたのだ!

これには僕も参りました!

製版の杉山さんは印刷担当ではないんだが、心配になったのか立会い室に顔を出してばかりいた。

三回目に顔を出したときは、千布さんという製版の相棒も連れてきて、二人で挨拶に来てくれた。

その時に、この本に対する凸版の職人さん側からの思いを感じることができた。

こんなことが起こってしまうんだなあと思った。

彼らは色んな写真を全て記憶していて、さらに文字も全部読んでいて、ほんとに面白いねと言ってくれた。

これは浅原さんと僕にとっても予想できなかったことだ。

それだからこそ、本に対する自信が強まった！

いやあ本当にいろんな人が関わって、感動してくれて本が出来ているのです！

この気持ちは紙面上に絶対に乗ってしまうような気がする。

書店からの注文も順調のようだ。

なんとなく面白い波みたいなものを感じながら進んでいる。

そこに今日の職人さんの気持ちも入ってきたというのはすばらしい。

本当にいい本を作ろうとしている気持ちが完全に伝わったという実感が強まる。

立会いは無事終了。

かなり感動的なフィナーレ！　帰りに浅原氏とちょっと乾杯！

六月二十三日（水）

先週まで岐阜の友人、林弘康氏が家に遊びに来ていた。

彼はまた撮りためた写真を持ってきていた。

私は彼に頼まれてそれらの写真を選び本を作った。これで彼の本は二冊目だ。

彼は写真をやっているのだが、今回話をしてみるとそれが微動していることが分かった。

囚われずにやろうとしているのが伝わる。

こういう話は実に有意義である。こっちも頑張らなくてはと思う。

自分の作り上げた感覚を無視せずに固定しない。この微妙な按配が必要だと話し合う。

林さんの友人で文学をやっている岩田君もやってきて、久々に青春談義のような光景。

やろうとしている人間はまだいる。だからこそ表現として、社会に出すことの重要性を感じる。

やっぱり考えていることがあるのなら、表面上に浮き出していかなければいけない。思っているだけではだめだ。

いまさらながらそんな単純なことを思い返す。

やらなければいけないし、それを伝えなければいけない、変化をもたらしたいのなら。

六月二十四日（木）

書店の注文が意外にも好評なため、書店用販促グッズとして何かできませんか？とリトルモアの方から提案があり、面白そうなのでアイデアを練る。

0円ハウスの1／10の模型を作ることにした。それなりに素材も同じものを使って作ってみよう。

タミヤのプラモデルみたいに箱まで作ってみようかな。

ちょっと面白そうなので本腰入れてやってみる。

六月二十五日（金）

林さんに頼まれていた本の制作終了。

今回も結構いい本ができた。やはり自分としては編集の方の仕事も重要な側面を持っていることを再確認。

しかし、この感覚をどのような手段を使って表現するかが非常に難しい。

僕の本は単に写真集ではなくて、編集していくときの頭の思考回路が感じられるものになっているると思う。

そこまでに持っていくことが自分にとっての「表現」なのである。

出来上がったものは問題ではない。

人が本を入り口にして思考の渦を体感できれば幸いである。

六月二十七日（日）

今日は一日、制作活動。

書店用の販促グッズを作る。簡単なものなんだが、意外と面白いかも……。

明日リトルモアに持っていってみよう。

ありえないことに、いくつかの書店では結構置いてもらえそうなので、ここは私もその気持ちを無駄にせぬようにしなければ……！

いよいよいろんなことが動いてきて面白くなってまいりましたよ。

夜は七月十一日のライブのための打ち合わせ。

まだ出演バンドも完全には決まってないので、ちょっと焦り気味。

しかも発売日と完全に被っているのでどうなることやら。

まあいくつか曲のスケッチは固まる。こっちも面白くなりそうだ。

六月二十八日（月）

十四時三十分から日吉の東京総合写真専門学校で飯沢耕太郎氏の授業に参加する。

そこで話をしてほしいと言われたのだ。

すぐ僕の話をしてくれということになり、本をつくる動機、持ち込み時の詳細、編集時のやりとり、そして印刷、さらに海外売り込み話と……、僕としては今回のことは語りつくしても尽きないので次から次へと話は止まらない。

飯沢さんも苦笑い。でも半分ふんふんとうなずいてくれる。

そこに来ている生徒たちは、やっぱり写真家としてやっていくことに漠然としたイメージしかなく、そのことがある「不安」を彼らに作っていた。

僕としては自分の話をして、彼らの気持ちが少しでも高ぶってくれればという気持ちでとにかく喋り捲った。

意外といい反応で授業が終わってもそのまま喫茶店にみんなで場所を移してまた話。

みんなも次第に打ち解けて面白い話が飛び出す。

飯沢氏も気に入ってくれたみたいでいろいろなところに持って行きなさいと連絡先を教えてくれた。

感謝。いやあ面白い授業でした。

その後はリトルモアで打ち合わせ。今回は営業担当の人も一緒に話をする。

書店からの注文はかなり面白いことになってきた。作ってきた販促グッズもそれなりに面白いと言ってもらえたのでよかった。

男五人で打ち合わせたのだが、なんか頼もしい。

ほんとにみんなで一丁やったるか！という感じになってきている。

川井君も出版社回りに本腰を入れていて闘志を感じてしまう。

よっしゃこうなりゃやらねばね！

六月二十九日（火）

リトルモア川井君より七月分の持ち込む出版社、テレビ局の日程がメールで届く。
彼も気合い入れてくれて、本当に力を入れてくれている。
これは私も頑張らねば。七月は宣伝に専念。
みんなに本を手にとってもらいたいもん。

七月一日（木）

いよいよ本が完成しました。
出来映えはばっちりではないでしょうか！
いやあ長かった。でも粘ってよかった。
すばらしい本が生まれましたよ。
リトルモアで集まって浅原さん、川井君、佐藤さんと四人で乾杯！ 全員充実した顔。
発売日も十五日に決定する。
よし、これからは営業がんばるぞと。
この本は本当にたくさんの人に見てほしい！

七月二日（金）

今日、昼過ぎから日本経済新聞社へ。
文化部の白木氏と面会。撮影の動機などを鋭く質問される。
どう思っているのだろうか？　よくわからないまま話は終わる。
とにかく本を見てほしい。見てからが本番だ。
氏とは今後また話しに行きたい。
その後夕方から、光文社「ＦＬＡＳＨ」編集部へ。
永島氏が本を見てくれる。いきなり沈黙で本を読み続ける氏。
ある程度読んだところで、十三日発売号に掲載したいといってくれる。
そのまま奥の部屋でインタビュー。うまく伝わったようだ。
ページ数を増やしたいともいってくれた。面白いことになりそうだ。

七月四日（日）

今日は終始リトルモアの川井君と回る。まずまずのスタート！

今日は飯沢耕太郎氏の奥さんが原宿で展覧会をやっていたので、行ってみる。

そこで三年ぶりぐらいでフリーキュレイターの原氏と偶然出会う。ほんと偶然ばっかりだ。

ちょうどタイミングよく僕の本を二人に見せることができた。

二人とも反応は上々！　とても気に入ってくれたようだ。

展覧会をやるべきだといってくれた。これはいい流れだ。

なんか最近は大きないくつかの波があちこちで発生していてそれらがぶつかり続けている。

そんな気分だ。

七月五日（月）

今日はＴＢＳに行く。

そこで「ＮＥＷＳ23」の鎮守氏と会う。

氏は快く会ってくれて、作品もきちんと全部読んでくれた。

そして今は選挙で忙しいけれど、それが終わったら何か考えてみましょうといってくれた。

いいぞ！　ここは結構重要なポイントなのでがんばりたいと思う。

七月七日（水）

今日は「週刊朝日」の副編集長、矢部氏と会う。

彼女もきちんと熟読してくれる。そして反応は……「いい！」だった。

書評コーナーだけではなく、どこかで特集のようなものができないか検討してみるという返事が！　やばい！

とにかく好印象で僕もヒートアップしまくり、熱弁の嵐。

ちょっとしゃべりすぎたか？　まあそれぐらい感動した。

ちょっとずついろんなところで反応が返ってきている。しかも好印象！

ひょっとしたらひょっとするかもしれないので気を抜かずどんどん行こうと思いました。

七月八日（木）

「週刊文春」の児玉さんと会う。快い対応。

彼女は入社二年目の新進編集者。

企画として提案してくれるとの事。感謝。

彼女自身はすごく気に入ってくれたみたいで好感触。

その後、福岡から上京中の若い青年、小林類が家に遊びに来る。

彼は以前、知り合いの紹介で上京してきた時に会った。彼は思想家を目指している。

話を聞いていると、だんだんこっちも興奮してきた。

音楽と哲学に興味を持つ。

ふたりでチャック・ベリーがなぜすばらしいのかという話に進み、ロックンロールに呼ばれて出てきた彼のあのギターリフは尾形光琳の燕子花（かきつばた）の図に勝るとも劣らないほどの真空性をもっているなどと。

利休の茶にも通じる。所謂（いわゆる）唯一無比なのだ。

利休が茶を確立していきその後も茶が続いていくわけではなく、彼が茶なのだ。琳派などはありえない。

チャックもあのテララ……のリフ、ラップの前世の歌いまわし、そしてあのループ。

すべて音楽というジャンルではない。チャック・ベリーがロックンロールなのだ！

七月九日（金）

今日は講談社へ。「フライデー」へ営業。

面白いとはいってくれたがさすがにフライデーは難しいのか？

やはり女性の裸の方がウケるのだろう。それは重々わかる。

でもやっぱりそんなところにドカンと一発かましたい！とも思った日でした。

いろんな人からのメール。僕のスケッチがホックニーの青年時代にそっくりというメール。

素直に感動。

明日はいよいよ一部書店で発売開始！　どうなることやら……。

七月十日（土）

昼過ぎに石山修武研究室に行く。

久しぶりに石山氏と会う。

氏がどんどんやれと言ってくれたおかげで、０円ハウスが生まれた。

それもあって本を渡しに行きました。

2004

「よく、まとめた」。言って頂く。

しかし、その後は「今どうやって食べているんだ?」とか心配される。

分かっているだけに痛い。

でもとりあえずはこれだけでやっていけるようにやるだけやってみると返す。

その後、サンパウロ大学のセシリア氏を紹介してもらう。

彼女はブラジルでスラムなどの研究をしている。

日本にも隅田川の0円ハウスを調査しにきたことがある。

午後四時からはイデーに本を見せに行く。友人の紹介でいったのでよくしてくれた。

うまくいくといいが。

その後参宮橋ゲストハウスへ。地下のスペースを視察。

広くていいのだが、展覧会をやる時に光が欲しいと思うようになってきたので、そんな場所がないか今考えている。

夜はトミーのイベント見にマンゴスチンカフェへ。

ムードマンはずっと七インチの八〇年代ロンドンニューウェーヴをかける。スリッツにしびれる。

その後八〇年代ロンドンニューウェーヴが生まれる背景の講義を受ける。

彼はスリッツのリーダーにインタビューするためニューヨークまで行ってきたそうだ。

しかも、誰から頼まれたわけでもない。

帰ってきてもどこにも載せるところが無かったから自分の連載に掲載したらしい。すごい。

七月十一日（日）

今日はライブ当日。午前中練習。

その後昼過ぎからちょっと抜けて、谷中銀座へ。

キュレイターの原氏と食事。

昔あったフランソワも来ていて、嬉しかった。

変なペルシャ料理屋「ザクロ」でランチ千円。

千円でメニューとかなくてどんどん料理が出てくる！　おかわり自由！

とにかく食べきれないくらい出てくるのがここのセールスポイントなので、どんどんどんどん。

しかも、まわりの客はペルシャ風の布を体に纏ってもうよくわかりません。

中東のノリがしっかりある素敵な店。

そして六時からライブ。

今回は前回よりお客さんも増え、やるバンドも増え、なんか進化してました。

でも自分たちの音にはちょっと不満足。反省あり。

昨日のムードマンとの話でまた次のアイデアが出てきたので次はまた違ったものをやりたい。

来てくれた人ありがとうございます。

七月十二日（月）

午後五時に朝日新聞社へ、アサヒカメラ編集部。

その後「週刊朝日」の編集部の横を通ったら副編集長の方が見えたので、次回の打ち合わせ。

朝日新聞社の談話室でインタビューをするということになった。

ありがたい。これはほんとに面白くなりそうだ。気合い入れましょう！

その後「スイッチ」編集部へ。

編集長の猪野氏が会ってくれた。

本を細かく見てくれて、さらに僕に沢山喋らせてくれて満足のいくプレゼン！

しかも氏も快く聞いてくれた。

今回、営業で直接編集の人たちに会って話す機会があったが、ヨーロッパ行脚の時と同じく、直接会って話すと本当に何かが起こる！
この調子で行こう！　唯一の取り柄のフットワーク攻撃を畳み掛ける！

七月十三日（火）

読売新聞社で前田氏に本を見せる。
氏も路上生活者を取材したことがあるそうで、かなりつっこんだ質問が続く。
その中で私が建築的部分に着目している点が重要であるという話になる。
初めて本の内容で、議論をしたかもしれない。
それだけにこっちも力が入る。

七月十四日（水）

「ファットフォト」の安藤氏に本を見せる。
氏は一ページ、一ページゆっくりと私の説明付きで聞いてくれた。
私はいつも写真一枚一枚について真剣に話してしまう。話しすぎてしまう。

これがいいのか悪いのか？　分からない。

でも分かってほしくて説明しているのとはちょっと違う。

今回たくさんの雑誌社、出版社をリトルモアの川井君と回った。どうすればいいのかと手探りではじめたが、一緒に回って本当によかった。

ヨーロッパでの営業との相違点が見つかった。いい意味でも悪い意味でも。

何でも見て経験するしかないという当たり前ができてよかったと思う。

その後「スタジオボイス」に依頼された原稿を渡しに行く。

編集の鈴木氏に三年ぶりぐらいに出会う。

氏は今回の本の出版の話をしたときに快く、しかも原稿を書かせてくれた。ありがたい。

その帰りに川井君と食事して帰宅。

フランクフルトで毎年開催されるブックフェアについての話。

今年のブックフェアに私は個人ブースで出品する予定だ。

決定はしていないが、やる気満々である。

日本でも頑張るけど、もうちょっと違う場所もきちんと見ていかなければいけない。

そのためにもこのブックフェアは非常に大事な催しである。

日本支局の方が会ってくれるらしい。

それで何とかできればよいが……。どうなるかな。

七月十五日（木）

クイック・ジャパン編集長森山氏と会う。感想は上々。

しかし、これから私がどういった具体的なことをやっていくのかを鋭く聞いてきた。

そうです。それが重要なんです。

この本をつくり、さらにそれをどう展開していくか、自分も色々案を練りながら考えている最中なので、なんともこういう話にはズキンとします。

しかし、それをきちんとやることでこの本の意味が変わってくる。

本だけでなく、建築、編集、写真、そして自分の考え方全てをきちんと表現していかなければいけない。身が引き締まります。

今日から全国書店で発売です。

何人か本を買ったとの電話あり。ありがたいです。

七月十六日（金）

今日の朝刊の読売新聞九州版に「0円ハウス」のことが掲載された。

結構大きく取り上げてもらったらしい。らしいってまだ見てません。

さらにメールでフランスから「Blast」のオードリーから雑誌が出来上がったとのこと。

ようやく出来上がった。六ページちゃんと載っているだろうか？

これは世界中で発売されるから非常に重要な雑誌だ。

今日送ってくれるらしい。早く見たい。

昼過ぎから東横線、みなとみらい線を乗り継いで横浜美術館へ。

写真展のオープニングに原さんが連れて行ってくれた。

学芸員の天野さんに会う。奈良さんもちらっと見た。

そしてそのまま今度は恵比寿の写真美術館のオーストラリア写真展のオープニング。

ここではオーストラリアに面白そうなレジデンスをもっているギャラリーのオーナーと会う。

彼女はもうすでに0円ハウスを読んでくれていたようで、「いい」と言ってくれた。

久しぶりにコレクターのジョニーとも会う。

さらに親父から本を買ったからサインしてくれとの電話。自分の家で待っててと言ったら、なんと僕の家の電気が滞納で切れていて親父は入れる状態ではなく、そのまま帰っていった。

すまない。しかたないので、そのままフーの実家に今日は泊まる。なんだコリャ。

七月十七日（土）

フランスのホウから、早くメールで資料送れ！と言われていたのが判明し、今日はできないので明日友人に頼んでやろう。

はー、英語はまだまだです。

しかも、連日のいろいろでさすがにちょっと疲れた。

今日、明日、明後日は休憩を取ろうと思っている。

友人から購入したとの連絡あり。ありがとうございます！

七月十八日（日）

伊藤氏の家で、ホウに送る映像づくり。

世の中便利になったね。

そのままパリに送れるんだもんね。ばっちり送れる。

その後、下北のマックイーンで生姜焼き定食。二年ぶりぐらい。

夜は、戸塚でフーのお母さんに出版記念でご馳走になる。

七月十九日（月）

一日休憩。

夜はまたフーの伯父さん伯母さんと食事。荻窪の回転寿司。

伯父さんは元々ＮＨＫの「日本の素顔」という看板番組のプロデューサー兼ディレクターをやっていた人で、話を興味深く聞く。

その後、僕の本を見せて、今度は僕がしゃべりまくる。

伯父さんは今は退職して、次は小説を出版したいらしい。

はっぱをかけられたと、喜んで聞いていてくれる。

七十五歳なのだが、その生命力にはびっくり。

深夜、コンビニで「ＦＬＡＳＨ」を見る。自分の写真とインタビューが掲載されていた。

結構いい感じの記事で大満足。

ホウから届いたとのメール。

十月にブリュッセルで行われる展覧会で、出品したいらしい。

私はその時期にちょうどドイツにいっているので完璧だ。

よしよし、動いてきましたよ。日本でも、ヨーロッパでも！

七月二十日（火）

午前中リトルモアに行く。

読売新聞の記事を見る。いい。

「ＦＬＡＳＨ」の記事を川井君にも見せる。いい。

ホウはほんとにやってくれました。

これでヨーロッパ旅行がまたできる。十月五日から二十三日まで二週間強。

しかも今回はまた前回と気分がぜんぜん違う。展覧会に出品できるんだもんね。

いやいやなんか凄い事になってきたぞ！　しかも、日本でもリアクションはいいし……。

七月二十一日（水）

午後五時に朝日新聞社へ。

今日は「ＡＥＲＡ」の崔さんと会う。

今回は、私がどういう人間かを説明する必要がないほど理解してもらった。

面白い！　と一言！

そして評論家の大竹昭子氏が絶対気に入るとまでいってもらい、何か企画してくれるそうだ。

これはひょっとするとひょっとするぞ！

そのあと久しぶりに「ＨＯＭＥ」編集部の長島さんと会う。

彼はホームページを見てくれているらしく、こっちは素直に喜ぶ。

夜は親父が営業してきてくれた一〇冊分のサインをして親父に渡す。

これは本当にありがたいです。かなり営業ははかどっているらしく感激。

掲載された記事もすべて見ていて喜んでいた。

こういうのはいいなあと自分も素直にサインに応ずる。

いろんなことが起きて、そしていろんな人が動いてくれる。

これからまたヨーロッパ行脚を敢行していくとさらにそれに拍車がかかる。

この本が発端になっているが、それだけではない状態。

夜はＮＨＫで心の師匠、南方熊楠の事が「その時歴史が動いた」という番組で取り上げられていた。

どんどんいろんなことが繋がっていく。さあ、これで満足せずにどんどんいきましょう！

七月二十二日（木）

午後六時に神保町の「美術手帖」編集部へ。

なにかリンクするものがあった時に取り上げてくれると言ってくれた。

出版社回りもそろそろ終盤にさしかかっている。七月一杯で一回終了する。

その後は、ブックフェアと展覧会の準備、そして新作にさっそく取り掛かろうと思っている。

確実に動いているので今回の営業は絶対にうまくいくでしょう！

動けばうまくいく。パリのときからそのことだけは変わらず！

七月二十三日（金）

2004

午前中近所の喫茶店に逃げ込む。

家は四畳半で風通しが異常に悪いのでね。そこで中沢新一「森のバロック」読了。

いやあ旅のような読書でした。

南方熊楠という思想家の解説書というのを通り越して、中沢氏の思想ともリンクしていった。

見事！　最近は本当に熊楠ばっかりです私は。

午後七時からは千駄ヶ谷のスペクテイター編集部へ。

編集長の青野氏、あとケイ君と三人で談話。

次号で取り上げてもらえそうなので、色々と案を練る。話は広がり続ける。

まだ時間がありそうなのでもっと思考しよう。

最近は一つの事をしていても、それをそのまま終わらせないように心掛けている。

常につながるように少しでも広がりそうになったら頑張ってそれを育てるようにしている。

その瞬間は重要なことに見えなくても、後から気付く事が多くなったからだ。

深夜寝苦しくて起きてテレビを付けるとＴＶＫでプロモがいっぱい流れていてそのなかでケミカル・ブラザーズの「Star Guitar」が流れていた。それが凄すぎて！

普通の電車から見た動いている映像で（世界の車窓からのような）、でもよく見ていくと、流れているハウスビートに合わせて電信柱がシンバルの音とシンクロしてタタと流れていく！

要は、音に合わせて風景が一見すると分からないようにサンプラーのように被さっているのだ。

夜明け前の驚き。そのまま寝不足バイトへＧＯ！

七月二十四日（土）

ヤン・シュヴァンクマイエルの映画をイメージフォーラムで見る。

見たことないのばっかりで嬉しい。

いつか映画を撮りたいものだ。自分も。

その後は、家に帰って、フジテレビの27時間テレビを見る。

今年は芸人がみんな凄いから面白い。笑いまくる。

深夜のさんまに圧倒される。彼は凄い。

笑い飯は今回はまあまあ。

七月二十五日（日）

大友克洋監督の「スチームボーイ」を新宿で観る。

画像はとてつもなく凄いが、見終わった後一体なんだったんだろうと止まる。ハリウッドのアニメ版という感じが抜けないような気がするが……。うーん。そのあとは博多からきている小林兄弟が家に遊びに来る。朝までとにかく話す。

七月二十六日（月）

午前中、フランクフルト・ブックフェアの打ち合わせのはずだったが寝坊！仕方なく、リトルモア川井君だけ行ってもらうことに。謝罪！その後、築地にいって友人たちに会う（私、大学でてから一年半築地で働いてました）。本を持って挨拶。みんないつもと変わらず。お店のお母さんが、味噌汁とおにぎり作ってくれた。美味！帰りに新宿の高島屋の書店に寄る。自分の本が、日本の写真家たちのコーナーに平積みされていて、まったく現実感無し！僕がつくったビニールシート製のポスターも置いてくれていた。感謝！こうなったら本当にフランクフルトではがんばらないと。でもちょっとその件がうまく進んでないので、慎重にやらないと。

でもまあうまくいくでしょう。楽観！

七時からは人形町で日本カメラ社のインタビューを受ける。

副編集長の吉野さんと記者の上野さん。

初の写真撮影。二人は僕の本をすごく気に入ってくれていて、話は弾む。感謝！

しかもホームページまで見てくれていて、さらに話は弾む。謝謝！

僕も調子に乗ってしまい、本の話を超えて、自分の考え方、これからの構想にまで話は至る！

RELAX！　夕飯は尾道少女（？）えっちゃんと中目黒でカレー。

画家の古武家君は個展前で忙しくて会えず。残念！

でも彼から広島米をいただく。感謝！

彼もヨーロッパに僕と同じ時期に売り込みにいっていたらしく、興味津々！

その後、えっちゃん家で同居人の尾崎君とみんなで喋り捲り、シャワーを借りて（僕は風呂無し）帰宅！

日本カメラの反応はとにかくうれしかった。

「ペーパースカイ」のブックレビューに0円ハウスが紹介されていた。

井出さんのおかげ。感謝！

明後日は「週刊朝日」インタビュー。どうなるのかな！

七月二十七日（火）

深夜ＮＨＫで中国のリサイクルに関する番組をやっていた。

中国は今、日本から鉄くずや、ペットボトルを回収している。

それを自国へ持ち帰って安い賃金の労働者をつかって、九九パーセントリサイクルしている。

日本ではお金をもらってリサイクルするのに、中国人はそれを買ってもって帰るのだから、日本人も中国人に渡してしまうのだ。

リサイクルされた原料はまた、日本に輸出されるそうだ。

なにか象徴的な番組だった。中国が今強いといわれる姿を目の当たりにする。

七月二十八日（水）

三時三十分から、有楽町マリオン朝日記念会館の談話室で週刊朝日のインタビュー。

一時間三十分にも及ぶ。副編集長の矢部さんが話を聴いてくれた。

そのうまい操作で、私は楽にこの本ができるまでの自分の流れを説明することができた。

今回の話で、自分が意識していなかったことまでもが、今の自分の根っこのほうにあるということが自覚できた。

満足のいくインタビュー。そのあとポートレイト（！）撮影もあり、すこし緊張。

でもこんな形で自分の考えているコトを話せるという感動の方が確実に勝っていた。

だんだん人が自分の話を聞いてくれている。一年前には考えもしなかったことだ。

しかも、フランスの「Blast」編集長のオードリーから最新号が送られてきた。

載ってました！　０円ハウスが！　六ページ！　やってくれましたオードリー！

またまた揺れ動く一日でありました。

七月二十九日（木）

夜、読書。磯崎新＋福田和也共著「空間の行間」読破。

これは非常に面白い。

中でも、重源と夢窓国師についての話が非常に興味をそそった。

重源は東大寺南大門などをつくった建築家。

夢窓国師は西芳寺の庭園などをつくった庭師。

私としても今、建築家と庭師の二つが一番気になっているのですぐ入り込んだ。

彼らの特徴としては、仏道や禅道などに入り込みすぎずにその周辺をうろうろとしながら作品を作ることだけに費やしていたことだ。

伊藤ていじ著の「重源」には帰国して建築をやりやすくするために、仏教徒ではないのに中国に行く彼の姿が描かれている。

ここらへんの彼らの心理に今私は熱く注目をしている。

一休さんも千利休さんも同じ匂いを放っている。

彼らは、幕府にも天皇にもつかず、自由に動き回り自分の思想を具体的な建築、庭、茶室へと具現化していった。

本居宣長の「古事記」に対する思いもそれに続く。

彼らは所謂日本的な手法から一歩抜けていた。

彼らが作ったものは、皆が「わび・さび」「禅」と思い込んでいるものとは違う意図をもっているのではないか？

それが光琳の屏風絵にもつながる「真空性」をもっていると思う。

彼らは政治的、仏教的、金銭的な様々な要素から自由だった。

そんなものはどうでもよかったのではないか？

それよりも自分が創造した作品を完璧なカタチで実現することだけに集中していた。

そのため、彼らは動き回り、政治的な要素も自分の思考の実現のためだけに利用したのではないか？

そのようにしか私には見えてこない。

そのやり方は今のこの時代に表現をやるものに対しても重要なヒントを与えてくれる。

誰にも影響されずに自分の思考を実現する。

このとてつもなく難しい難題に彼らは答え、永遠に人の想像力の「真空性」を訴えているのではないか！

七月三十日（金）

午前中、志村坂上の凸版に行く。

海外事業部の島田さんに会って、今度のフランクフルトのブックフェアについての詳細を聴く。

こちらの個人で売り込みに行きたいという思いを分かってくれて、いろいろな情報をくれた。

凸版のブースに私の本を置いてもいいが、それよりあなたが自分自身で本を手に持って海外の出版社、書店、取次と直接話して、売り込んだほうが十分な結果を収めるのではないかといってくれた。

待つのではなく自分から突っ込めと！　そうですね！

帰り際、島田さんは私の年齢を聞き、若いですねいいですねといいながらさらに「燃えてるんですね」との発言。

そうです、燃えているんです！

海外でのセールスが今後の自分を占うと思っているのでこれはぜひとも現地に赴き、売り込まなきゃ始まりませんな！

いざフランクフルトへ！

七月三十一日（土）

一日爆睡。

寝た後、ワイヤーとスリッツを弟と聞き続ける。

彼らは七〇年後半から八〇年にかけてロンドンで活躍したバンド。

ワイヤーの一見するとコテコテのギターのカッティングのように見えて、でもなぜか異質であると感じる弾き方に頭を悩ませて、嫉妬する。

夜から外出。今度のブリュッセルの展覧会用の映像を編集するために伊藤氏の家へ。

「移住ライダー」の方は完成する。

そのあと飲んで、悪酔いしてしまう。いかん。

八月一日（日）

横浜のみなとみらいに行く。

大花火大会。

ここの花火は初めて見に行ったのだが、打ち上げする人それぞれの手法が変化に富んでいて、飽きずに大満足。

いままでの花火は、最後に白熱灯のような色の巨大な枝垂れ花火で終わることが多い。

今回は、異常に色に対して執着心を燃やしている職人や、キャラクター（ドラえもん、アンパンマン、キティ）を表現することにだけ集中している職人。

などキワモノと思われるようなもの（さらに毛虫など）を主軸にもってきていて勝負しているなと感心しながら見ていた。

一瞬だけ巨大なビックバンのように光るものが私は気になった。

枝垂れ花火がこちらに向かって落ちてきているように感じるとき、平面が立体に空中で変化しているといつも興奮してしまう。

まあ単純に花火が好きといえばそういうことであるけど。

八月二日（月）

今日は午前中から撮影。

新宿から歩き始め、大久保、高田馬場、早稲田、九段下、飯田橋まで行く。

庭を撮っているのだが、あることとあること！

やはり狭い空間の連続である新宿のようなところのほうが面白い庭が多い！

夜は文章に専念。

ちょっと詰まったので岐阜の相談役林さんに電話。

するといきなり彼はチャールズ・ブコウスキーの事を挙げ、彼の小説は物語ではなくて、場面の描写だけに集中しているということを話す。

僕のことについても「0円ハウス」という本だけでは表現しきれないのではないか？　作る過

程、売り込みにヨーロッパに行く過程をも含めての僕の表現ではないのかというようなことを話す。

その場面そのものを表現として出す。

きましたきました。そうこなくっちゃ！

なるほど、自分の行動、目に見えない思考の動きをも絡ませ、さらに多層的な表現にしていく……。

今日の会話は乗ってた！　会話は自分の頭の中で曇っていたものが晴れる瞬間がある。

なんかまた違う方向のアイデアも見えてきましたぞ。

八月三日（火）

朝から浜松町に行き、フェリー乗り場へ。

今日は夢の島探検。

都に電話をするとクルーザーに乗って、東京湾を一周して埋立地を観覧するというツアーが無料である。

それを知って参加してみた。

2004

まずは東京湾クルージング、午後からは埋立地の中をバスで散策ツアー。

これが無料とはなんとも充実してます。

よくわかったのは僕がイメージしていた夢の島、粗大ゴミが散乱しているような風景はもうありません。

僕全く知りませんでした。

今は中間に粉砕施設があり、こなごなに粉砕した後に土を被せて埋め立てしていきます。

しかも夢の島というのは過去の埋立地の名前で、今はそこは熱帯植物園になっています。

現在は新埋立地に埋められており、さらにそこも満杯状態で次のブロックに移動中とのこと。

これからの僕の建築のテーマとしては「ゴミ」と「アウトサイダー建築家」なのでしっかり東京のゴミ事情を知ることができてよい体験でした。

しかも今は東京ではかなりの割合でリサイクルされており、後は私たちが分別しなかったりしたものがリサイクルできないだけのようでした。

さらに建築廃材はかなり深刻な問題で東京のゴミの中でも一際目立ってました。

理由は分別しにくいためです。

なんか今日はすごいゴミの量を見て興奮しよう!と意気込んでたのですが、社会科見学みたいに勉強させられた一日でしたとさ。

八月四日（水）

午後二時よりリトルモアで「ＡＥＲＡ」のインタビュー。

朴さんというフリーの方が聞き手。

非常に建築に興味をもっているらしく、話は弾む。

今回は０円ハウスを発端にして建築の新しいあり方の提案に発展させるような紙面にするとのことで、石山氏にもインタビューするらしい。

面白くなりそうだ。

澁澤龍彦の庭園についての文章を読む。

庭園にたいする重要な視点をもっている。参考になりそうだ。

秋になると、植物も変わってくるので八月いっぱいが勝負と思っている。

庭園についての文章も書いていこうと考えている。

八月五日（木）

午後一時より炎天下なのに多摩川歩く。

以前に撮影した家のその後を調べるためだ。

なんと僕が撮影してきた家たちはほとんどが撤去されてしまっていた。

撤去されてない人に聞いてみると、多摩川の地下に今後トンネルが（！）通るとのこと。羽田空港も国際空港になるので、水中トンネルを作ろうとしているらしい。

それで来年ごろには羽田空港付近の0円ハウスは全て撤去されそうなのだ。

前にいた人はまた違う場所で生活をしているらしい。

僕の写真集をみせると、当時を懐かしがっていた。

しかし、どうしたらよいのだろうか。

何もない緑一面の多摩川をひたすら歩いた。

八月六日（金）

実家から母上京。親父と母と久しぶりに一緒に食事。

伊藤ていじ「日本の庭」、今度借りよう。澁澤龍彦の「黄金時代」も。

多摩川の0円ハウスにインタビューをしようと思っていたのに、全く居ないのでどうしようか？

今度は隅田川に行こう。

0円ハウスは常に動いている。常に変化している。

八月七日（土）

中野で撮影。今日は弟から教えてもらっていた凄い庭を撮る。

行ってみると前に見た事がある庭だった。

これはやっぱりすごい。空中楼閣のようだ。

その後も中野を歩き回ると、出てくる出てくる。

ここら辺は狭い区画に家が立ち並んでいるので、皆狭いスペースの中で少しでも充実しようと思っているのだろう。植物を植えまくっている。

やはり、土地土地で似たような傾向があるのは不思議である。

もっとたくさん調べると何か分かるかもしれない。

八月八日（日）

庭論の参考文献を漁る。
庭園は人間の永遠のテーマであったようだ。
紀元前のバビロンの庭。イタリア北部のイビザ島の階段状の庭園。
インドの日時計庭園。ボロッツァの森。バベルの塔。
庭園は昔から様々な作家たちによって憧れとともに描かれてきた。
しかし、私としては今回は現代の具体的な庭を通して表現していきたい。
昔を思い描くのではなくて……。
午後は井の頭公園を歩く。周辺の料理屋で、久しぶりに家族大集合。

八月九日（月）

午後から新大久保、百人町で撮影。
今日はかなりの収穫。
場所場所で庭園の姿が変化するのには何か意味がありそうだが……。
八時から出版の打ち上げで中華料理屋へ。孫さんも来てくれる。
これからの出版の事情など話し、どうしていこうかと少し止まって考える。

そのためにも今度のフランクフルトは重要な行動だ。

ここでうまくやれば日本だけでない流通の可能性もでてくる。

しかし、出版は依然非常に厳しい。

やるだけやらねばと思いつつも、どうすればいいのかとも思う。

次の渡欧は、ちょうどパリで写真月間が開催されているので、ホウ・ハンルゥに展示できないか相談してみよう。

そのまえに庭のほうも一冊本を製作して持っていく予定。

「アサヒカメラ」からリアクションが来て、大竹昭子さんが面白がってくれているらしい。

八月十日（火）

伊藤氏がベルギー・ブリュッセルで開催されるアルゴス・フェスティバル用のＤＶＤを制作してくれたので取りにいく。

仕上がりはばっちり。そのままパリのホウに送付する。

彼はまだこの映像を見ていないのでどういう反応が来るのか？　期待しよう。

作業後、下北沢のもみじ亭で広島風お好み焼き食べる。

久しぶりだったが旨いよ！

八月十一日（水）

午後一時から新宿で「ＡＥＲＡ」の取材で朴さんと待ち合わせ。

そのまま総武線、日比谷線を乗り継いで南千住へ。久しぶりの隅田川。

取材した家たちがどうなっているのか少々不安げに向かう。

一番会いたかったのはソーラーバッテリーの家だったが、その家はもう無く、住人は福祉にお世話になっているという。

しかしだ、しかし！　彼の残した業績は大きい！

ソーラーバッテリーを使用して電気を供給している家が他に二軒も増えていたのだ。

これは驚くべきことだ。

しかも、彼らはそれらを一万円程で購入しているらしい。

朴さんもびっくり興奮気味でインタビューを試みる。

非常に充実したインタビューができ、こちらとしては安心安心。

帰りは朴さんと熱く話が盛り上がる。

その途中の道で次のテーマである「庭」も見つける。

しかし、ちょうど電話が鳴る。

曾祖母が死去した。享年九十五歳。大往生。

九月の頭に実家に帰る。

八月十六日（月）

そろそろ盆休み終わり。

今日は昼ごろから、九十九里浜へ。

翻訳をやってくれた佐藤さんの実家に遊びに行きました。

佐藤さんのお父さんが面白いと話を聞いていたので、ぜひ会ってみたいと思っていたのでした。

実際会うと予想通りの展開が！

おじさんは自分で製薬会社を経営しているのだが、そのやりかたのパワフルなノリに相通じるところを感じ、いろいろ話してみると年は離れているはずだがドンピシャ合っていく。

そのまま、昼から深夜まで話しまくる！

そのままおじさんの書斎に寝かせてもらう。

朝方、起きて書斎にならんでいた糸井重里著「インターネット的」という本を勝手に読む。

これが面白かった。インターネットではなく、インターネット的な発想という本なのだが、彼は僕が今想像していることを随分前から分かっていてホームページをやっていたのかとショックを受けた。

しかも、インターネット的な感覚をきちんと文章に具現化している（当たり前か……）。

すごいと思いました。

八月十七日（火）

昨日の怒涛のフリートークから帰ってきて、この会話の瞬間を記録できないものか？と考えた。

普通、対談というものは録音してきたものを抜粋して文章化していくが、そうではなくてもっと全部を記録する（声質、人の表情、二人の距離……）ことはできないものか？

そうなると映像として残すことになるが、撮影を意識する途端にあの不思議な会話の空気は消えてしまう。

でもこのことには僕が興味をもっている空間の、建築ではないもうひとつの側面をもっていると思っているので、かたちにしたい。

とにかくいろんな人に体当たりでインタビューしてみるか！

八月十八日（水）

午後撮影。自分の家の周辺、高円寺近辺を歩く。

自分の本職、歩く。今回の庭は全部自分で歩いて探しているのだ。

いわゆる西芳寺の苔庭とかではなくてだ！

今回見つけたのは、アパートの周りに作った庭なのだが、瓜とぬいぐるみが同じ位相でならんでいる庭だ。

こうやって文章にしても何の事か分からないので作品が出来上がるのを待つとしよう。

撮影はうまくいっている。これをアウトプットする場所をきちんと見つけなくては。

まずはフランクフルトのブックフェアで、海外の出版社に売り込んでみようと思っている。

帰ってきてからは、ＮＨＫのドキュメンタリー「ジャズの帝王　マイルス・デイビス」をまた観る。

久々に観てまた鳥肌が立った。

彼は、音楽を手段として表現そのものをしようとしていた。

彼の音楽を聞いていても私は何の風景も見えてこない。
あるのはただの音の世界だけだ。ものそのもの。
なにも想像力を掻き立てない。真空パックの表現。
そのまま「Spanish Key」聴きまくる。

八月十九日（木）

撮影。今回は浅草、上野周辺。
ここはまた新宿近辺とは趣がかなり違う。雑誌「東京人」風。
あまり僕の好きな雰囲気ではない。
しかし、いいものが幾つか見つかり満足。
そのあと、リトルモアで0円ハウス一〇冊受け取る。
ヨーロッパの取次が五〇冊買ってくれたらしい。
これでヨーロッパには出回ることになる。
午後七時からは初台の東京オペラシティのＩＣＣで展覧会のオープニング。
懐かしい面々にも偶然会えて喜ぶ。森美術館の学芸員の金さんに会う。

彼女は0円ハウスに非常に興味を持ってくれた。なんかうまく話が弾まないかな。

さらに群像編集長の石坂さんにも会う。

みんなで近所の居酒屋「こころ」へ。石坂さんと話が弾む。

今度の「群像」九月号で0円ハウスのことを原さんが書いてくれたらしく、期待している。

今日はまた何かの序章のような匂いがする。

ホウの所にＤＶＤが届いたらしく安心する。今日も引き続きマイルス。

伊藤ていじ著「庭」読む。

その中の「枯山水」という章に非常に興味深い話が書かれていた。

南北朝時代、庭造りはなんと河原者の仕事であったそうだ。

河原者というのは賤民のなかでもその当時一番差別されていた層の人達である。

なぜ彼らが担当していたかというと、その当時河原者は（勿論河原で生活をしている者のこと）屠殺が本職であった。

しかし、それだけではなく土木作業員としての一面もあったそうだ。

そんなわけで彼らは庭作りを始める。

戦国時代に入ったころにはその技術はすさまじいほどの成長を遂げ、ついには庭師のようになっていった。

日本の庭の歴史にはそんな彼らが差別から立ち向かうために成長していったクリエイティブがある。

しかし、皮肉にも枯山水という手法が江戸時代に一般にまで浸透していくにしたがって、いわゆるモダニズム化していくにしたがって河原者が去っていった。

そこに残った枯山水は名前だけの創造性が全く無いものに成り下がってしまったそうだ。

その歴史を蘇らせるためにこの話を書かなくてはいけないと伊藤ていじは書いている。

八月二十日（金）

ジョナス・メカス監督「リトアニアへの旅の追憶」を見る。

これは非常に不思議な映画である。

彼が日常的に撮っている映像を元に、ドキュメンタリーのような、自分のためだけの日記のようなゆらゆらで進んでいく映画。

メカスは、普通の風景を映像化する。

家族の食事の風景。みんなで海に行ったときのもの、など。

なんてことのない映像を彼は愛着だけで繋いでいく。

これを見たときの僕のはじめの感想はその個人が感じた愛着や喜びを映像化することに成功しているということだ。

ここのところは非常に難しいように思える。

誰もが反応しやすい一般化しやすい物語というものは存在しないのではないか？

それぞれ個人の感情というものは他とは全く違い、それを表現することがひとの感情も揺れ動かすのではないか？

八月二十一日（土）

ジャック・ケルアックとトマス・ピンチョンの二人が作ったものの間の感覚が気になる。

ケルアックは承知の通り、一九五〇年代の「ビート・ジェネレーション」の命名者であり、先駆者である。

トマス・ピンチョンという作家はそのケルアックの作品に影響を受けながらも、更にそこに科学的な感覚、神経細胞的な感覚が編み込まれている。

いわば、ケルアックがアコースティックで、ピンチョンがエレキギター。

ならば次はエレクトロニクか？　ピンチョンは小説にまたもう一つの次元を作った。

頭の気付いていない部分を使って読むという快感がたまらない。

しかし、ケルアックのような昔の「ブルース」も読むごとに毎回違う感動がある。

その不思議な間が僕はなにかひっかかるのである。

八月二十二日（日）

午前中弟から、読売新聞に0円ハウスの書評が載っているよという電話があった。

買って見ると、なんと赤瀬川原平さんが書いてくれている。

全然聞いてなかったので正直嬉しいです。

その後、今日は車に乗って逗子へ。

一色海岸の近くに神奈川県立近代美術館葉山館が出来ており、その周辺を歩く。見晴らしがよく普通に気持ちよかった。

僕は海に直接入るより、車で海沿いの色んな店がある小道を行く方が好きだ。

どうしてなのだろう。海に行くまでの、あの細い家と家に挟まれている道が好きだ。

海と公道の間の小道の方が海っぽいのである。

それは、昔福岡で育ったときによく行っていた有明海っぽいということなのかと思った。

海は海でも。あれはよかった。

僕は近所の排水溝の蓋を開けてよく友達とドブ探検をした。

そこをまっすぐ行くとなんと最後にはその有明海に出るのである。

海に行くまでの道には何かあるぞ！　久しぶりのドライブは素敵である。

八月二十三日（月）

ロシアのタルコフスキーの映画「ストーカー」観る。

この人は「惑星ソラリス」を作った人。「ストーカー」を見て、本気でびびった。

惑星ソラリスで感じてたこの人の映像感覚が、この映画をみて確信であることに気付いたからだ。

この映画には一切セットが使われていない。全て、既にそこにあるものである。

しかも、今回は植物が大々的に映像化されている。

惑星ソラリスの冒頭のすごく綺麗な水辺のシーンの延長のような映画。

普通の風景をＳＦのセットのような感覚で撮っていく手法に衝撃を受ける。

彼にとってはカメラを通じてみた世界は、生まれて初めて地球を見たときのような不確かな鮮明さを感じる。

ただの木一本が、いきいきとした生命体に見えてくる。

うまいよ！　ほんと！　勉強になります。

今日発売の「週刊朝日」に自分が載ってた。うまくまとめてくれていて、よかった。

八月二十四日（火）

午前中池袋撮影。そのまま立教大学に行く。

ここには江戸川乱歩の家が保存されており、しかも書庫のいわゆる「幻影城」も残っている。

彼も立体的な作家だった。

東武百貨店で乱歩展を見る。

彼は、作家になる前も自分で装丁から編集までやった本を自費で作っている。

表紙まで自分で描いている。文章だけ書きたいのではなかったのだ。

さらに彼は兄弟三人で「三人書房」という書店も開店している（すぐつぶれたが……）。

驚いたのが「貼雑帖」というスクラップブックを作っていたことだ。

ここには彼の書いた文章から、スケッチやら、いろんなチラシ、入場券、住んでいた家の見取り図などあらゆる物が等価に置かれている。

まるで大竹伸朗の本のようだ。

後年、彼は印税で買った建物で下宿まで開業している。

その後も少年向けの企画をフィーバーさせたりと、彼の動きは曼荼羅模様！

小説、少年雑誌、テレビなどメディアを縦横無尽に利用しての動きは非常に参考になる。

書庫を「幻影城」と名付け、自分で盛り上げていくところにも私としては興味を持つ。

日本人にはこの手の何でも自分で構築していく立体的な感覚が本来あるのではないかと思ったりした。

八月二十五日（水）

マイルス・デイビスの「In a Silent Way」を聴く。

一九六九年、ちょうど彼がエレクトロニクスを入れだしたころのアルバム。

初めて聴いたのだが、このあとのエレクトロニック全開のマイルスより断然いい。

まだ使い始めたばかりで、彼も周りのミュージシャンも探りながらやっていて、ちょうどジャズとロックの真ん中を綱渡り状態。

ねじれの位置に聴くほうも持っていかれ、これは不思議な体験。

あーやっぱり音楽は強い。意味から逸脱しているもんね。説明不可だもんね。

僕の作るものもこう、それだけで十分!というものにしたいね。

八月二十六日(木)

AAスクールのディレクターから連絡。検討してみますとのこと。

今度ヨーロッパに行くときはせっかくだから色んなところで展覧会をやってみたいと思っているのだが……。どうなることやら。

AAスクールはロンドンの建築学校。

ホウにもDVDが手違いでまだ届いていず、ちょっと不安。

八月二十七日(金)

高円寺阿波踊り初日。

糸井重里「ほぼ日刊イトイ新聞の本」。赤瀬川原平&尾辻克彦「東京路上探検記」。マイルス・

デイビス自叙伝。

庭の写真もだいぶ溜まってきたので、一回編集してみる。アッジェに見えた。

八月二十八日（土）

阿波踊り最終日。

メイとユメが祭り見にくる。一歳児と一緒に踊る。

今度は徳島か？　子供は瞬間にだけ集中するね！

自分の作品をどうやってアウトプットしてゆけばよいかがなかなか難しい。

一回一回書籍にしていく余裕もなかろう。第一金が無い。

でも作品は溜まっていく。マイルスは自叙伝の中で暴れまわる。もう一回「路上」読んでる。

彼らの奔放さに惹かれつつ自分のものをちょこちょこ作る。

ここのところ音楽にもって行かれている。

今度の作品は少し音楽的な要素を入れていこうとしている。構成の点で。

違うリズムを同時に鳴らし、物語を作らず、ものそのものが表現されるように！

しかし、抽象的なので掴み損ねる。

八月二十九日（日）

レスポールの自宅の写真。

初めてエレキを作るという作業。アコースティックギターを使っていた人間が、初めて電気を使う瞬間。

目に見えないその電気が彼の周りを取り囲む。まるで科学者だ。

しかも扱っているものが、音。音科学者。

彼はさらに、8トラックの録音技術も発明した。

メロディーではなく、新しい音質だけを追い求める。そこが非常に気になるのだ。

ディレイも発明した。興味が音そのものだけになっている。音楽ではなくて……。

それはそれはすごくクリエイティブな作業だったんだろう。

今までの歴史を振り返り、それとは違う事をしていくというスタンスではなく、今までの歴史とは「ねじれ」の位置にあるただ一つのものに向かってクリエイティビティを全開していく。

ここには新しいものの見方が含まれている。

マルセル・デュシャンと同じ創造の源泉を感じる。

八月三十日（月）

マイルスの一九六六九年頃の様子読む。

シュトックハウゼン、バッハなどのクラシックを研究している。
三、四つの違うリズムを同時に演奏するアイデアや、マイナーコードでの新しいメロディーの開発、削除という演奏方法などを思索するマイルスの話を読みながら、こっちも興奮する。
「オン・ザ・コーナー」聴く。もうここでは実現されたそれらの音の数々。

彼は六九年を境にしてエレクトロを取り入れていくが、当時は新しいものをただやっていくだけだと批判されたらしい。

しかし、彼は突っ走る。

「機材は関係ない。自分の音を追い求め、それを提示するためだったら俺は何でも使う」

この周りのウルサイ声を一蹴するような言葉には勇気をもらう。

八月三十一日（火）

宮武外骨に関する、吉野孝雄の本を読む。

2004

ガイコツさんはとことんである。ちょっとこれはマイルスに似ていてかっこいいの一言。彼は明治期の人で東京大学の予備校に通いながらそれを辞め、出版の世界に入り、というか自分で雑誌を勝手に創刊し、しかも部数をがんがん伸ばす。ほぼすべてを自分で編集し、アートディレクションも彼の手によるもの。社会風刺の極みみたいなものであるが、いつのまにかそれを超えていってしまってなんといったらよいのか「真空の笑い」のような状態になっている。自分までもとことん風刺しているのだ。しかも徹底的に。さらに読み進めると、そのあと「滑稽新聞」「スコブル」といった名作を彼は生み出したが途中で日刊の新聞「不二」を刊行。これは営業的には散々だったようだが、ここになんと南方熊楠が執筆している。うーん。すごい。明治すごい。

九月一日（水）

朝からキース・ジャレットのインタビュー本読む。この中には、彼の音楽の秘密が散りばめられている。

マイルスやコルトレーン、ドビュッシーやバッハなどの言葉も入っており、非常によい。

その後、渋谷で撮影。と思ったが、蔦屋でマイルス「Live Evil」「Big Fun」を聞く。

そのあと撮影したが、渋谷はあんまりいいのがない。

困ってとにかく歩いていると、小田急線沿線に出てきて、なんかにおいがしてくる。

そして代々木上原に出る。ここで庭のオンパレード通りにぶつかる。

あるは、あるは。すごい。そのままそこで二時間とりまくる。

九月三日（金）

スペクテイターのケイ君と会う。

今度の号で記事を載せてくれそうだ。

結構ページを割くと言ってくれているので、これはがんばらないと。

今回はスケッチを大々的に使おうということになった。

まだスケッチに関してはあんまり出せていなかったので。これはチャンスだ。

そのあとケイ君と一緒にライブを見に渋谷へ。

ホウから0円ハウスの展示はスライドショーのような形でするのはどうだと提案。なるほどね。

九月四日（土）

今和次郎。考現学の創始者である彼の感覚は参考になる。

柳田国男らとともに民家の採集を行っていたが、他の民俗学者がそれらの資料をもとに目に見えない部分、人間の心理、神話などを机上で論じる中、彼だけは違った。

彼は民家といっても、重要文化財になるような古いものや価値のあるとされるものだけを調査するのではなく、なんてことはない普通の民家をスケッチした。

さらに建築本体だけではなく、その周りの環境、物品、洗濯物に至るまで「建築外の建築」と呼ばれるものを本体と同等に扱った。

そのなかで土間の研究というものがある。

それは土間を天井から眺めているような絵で、そこに置かれている物全て、ごみのような物に至るものまで書き尽くしている。

さらに彼は「人間の動線までも書き込みたかった」といっている。

彼は建築に興味があるわけではなく、空間自体に惹かれていたのである。

九月五日（日）

以前企画した「立体」を今度は本格的に発行したいと思っている。様々な建物をスケッチと写真で構成し、まるでその中に入っているようなものをではなく、入っていることに気付かないようなものを。扱うものは、建築家の作品から、建築家ではないものも含めて今までにはない観点で作れないだろうか？と思っている。

しかも自費出版で。前回は途中であきらめてしまった。もっと安価で魅力あるものにするにはということをもう一度検討したい。

九月七日（火）

「群像」に原さんが書評を書いてくれた。結構すごいことが書いてあった。ありがたい。書評も少しずつ出てきているので、これはがんばらないかんと思う。作品もだいぶ新しいのができてきたので、そろそろ売り込みを仕掛けないと！

九月八日（水）

雑誌といっても、何十ページもあるような冊子じゃなくて、毎号一つの建築をとにかく特集する。

建築といってももっと広い意味で路上のもの、無名のもの、子供が作ったものでも何でもいれる。

A4ぐらいに折りたたんであって、広げるとA1ぐらいの大きなポスターになる。

そこに写真がドカーンとある。裏にはスケッチを事細かに書く。

写真では伝えられない空間の様子もスケッチではうまくいく。

手書きでA1に目一杯。印刷は任せるとしても販売方法は自分でどうにか工夫していきたい。

でも個人のものはなかなか置いてくれないだろうけど。

情報ではなく、体験の本。椎名誠の本の雑誌の話は面白かった。

九月九日（木）

「コンポジット」に掲載。しかも移住ライダーの写真も。

これを見て人はなんと思うんだろうか……。
ベルギーのアルゴスからようやく返事が。しかも、早く情報を送れとの指示。
まだ航空券の話までいかず。でも一歩前進。

九月十日（金）

古武家賢太郎君の展覧会オープニングに行く。
リトルモア竹井さんとも会う。
古武家君の今度の作品はまたこれまでとはタッチが変化していて、気持ちよかった。
人が作る次の絵というものは非常に興味をそそる。
彼も自分を進化させている。見てるとこっちも盛り上がってきた。
展覧会を見ていてやはり僕も何かしら展示をしたいなと正直思った。
ベルギーではがんばらなくちゃと。日本でもしたい。
「スタジオボイス」から原稿料が！　おお！

九月十一日（土）

スペクテイターで夜打ち合わせ。

イラスト中心の構成でいこうと決まる。

0円ハウスの新しいスケッチを載せようと考える。

この前見た、新しく増えたソーラーバッテリーの家をもう一回訪問しよう。

九月十二日（日）

狩猟時代の人間は今の人間とは全く異なった空間認識を持っていたそうだ。

それは勿論狩猟によって高められた感覚である。

遠くの動く動物を捕まえるときには、距離感、動物の速さを知ること、回りの人間との集団行動と、今の人間には考えることのできないような高度の知覚が必要だった。

時間を経るにつれて人間はその狩猟的空間認識を忘れていった。

狩猟時代にはまだ直感が普通の知覚として使われていたのではないか？　そんな妄想に駆られる。

時間と空間がそのときは一つの世界ではなかったのではないか。

他の生き物の時空間も同時に感知できていた。

しかも集団での行動だったということは他の人間の時空間も同時に体験していたのではないか。

今よりもっと広いパースペクティブであったんだろう。

ホックニーによればそれは中国絵巻からも感じ取れるという。

人間が今見ている空間はもっと多くの事象を含めながら回転している。

そこまでをいれたものが建築という概念ではないのかななんて妄想。

七〇〇円ラジオをフーが購入し、聞いているその電波に同じにおいを感じる。

九月十三日（月）

伊藤宅で0円ハウスの展覧会用のスライドを作る。

出来上がってみると本の仕上がりとはまた違って良いものになる。というか全く別物になった。

媒体で自分の写真のイメージが変わるものなんだなと。

ちょっとこれを大きく引き伸ばしたくなった。きちんとプリントを焼きたい。

九月十四日（火）

ベルギーのアルゴスから連絡。

何？　航空券あげられない？　ごめんなさい？

そうです、招待作家でもない私にはギャラも発生しない。

これでいけなくなるかと一瞬思うが、こうなったら旅費をどっかから稼いでこないといけませんね。

ぜったい行ってやる。今回は少しばかり楽になるかと思ったが、そうはさせてくれませんね。

コノヤロ。

九月十五日（水）

バイト先の常連のおばさんがいるのだが、この人はどうも結構すごい人らしい。

よくは分からないのだが、アフリカのどっかの大統領と電話したりしているらしい。

僕はよく彼女と仕事中おしゃべりをするのだがそれで僕にこれから何かやってみたいことがあるかというような話になり僕は映像を撮りたいといったら彼女は私は昔ドキュメンタリーのコーディネイターをやってたわよと。

アフリカの動物モノのドキュメンタリーだそうだ。

どんどん僕が反応するような事を出してくる。ふーん。

なにかドキュメンタリーを作って売り込みにいくというのもアリだな。

九月十六日（木）

庭の写真が第一段階だけどできた。しかし、なにか物足りない。

０円ハウスの焼き増しをしているような感じがする。そうではないのだ。

僕がまだ気付いていない自分の中のものを表現したいのに、既知のなかで走り回っているような気分がしている。まあ始めたばっかりだからしょうがないけど。

これはちょっと置いといて発酵させてみよう。アイデアは発酵させてナンボのものである。

九月十七日（金）

言っていたようにチケット代捻出作戦で佐川急便にいった。

夜から朝までの荷物振り分け作業だ。

仕事を始めるときに注意事項などを聞いていると、いきなり、ペルー人のおじさんたちが猛ダッシュで部屋に入ってきて、そこにあるテレビの電源をつけると、持ってきていたであろうペルーのお笑い番組みたいのを大音量で見はじめ、笑いまくっている。

なんだここは。夢のなかにいるようだ。

そのおかっぱ頭のペルー人三兄弟をみてると不思議な場所にもっていかれた。

今日、一緒に仕事したのは俳優志望の日本人。

なにがなんだかわからんが、こういうときにいつも映画よりリアルな空間を肉体労働の場に感じてしまう。これを四、五日やってチケット代とすべし。

九月十八日（土）

佐伯祐三の絵が気になる。風景絵画であるのだが、それだけでは言い表せない。

彼は、看板やポスター、壁の質感を絵の前面に出していて、それは周りの風景から飛び出して僕の目に飛び込んでくる。

建物の絵も正確に書くというのではなく、その建物のボリュームに表現が集中している。

今見ても新鮮だ。

今度大阪で維新派が一年ぶりぐらいで演劇をやるらしい。

行きたいけどちょうど僕がヨーロッパに行っている時なのでいけません。

前回の東京公演の時は行ったのだがはじめてみる快感だった。

演劇自体がひとつの祭りと化していて昔子供劇を見に行っていた時を思い出した。

あの頃演劇は本当にぼくにとって祭りそのものだった。

九月二十二日（水）

大竹伸朗さんからお手紙が届く。感謝。

本を贈っていたのだが、きちんと返答してくれた。

仕事を続けてくださいと書いてあった。

大竹さんの本作りには僕も衝撃を受けてきたので、非常にうれしい。

とにかくやり続けること。身にしみて感じました。

九月二十三日（木）

0円ハウスの展覧会用のＤＶＤが完成したので、伊藤氏の所に取りに行く。

今回の展覧会の技術的なことは伊藤氏に頼りっきりだったのでありがたい。

今回の0円ハウスのＤＶＤは前にもいったように、写真集とはまた違って一枚一枚の写真を大きくプロジェクターで拡大できるので面白い反応が期待できる。

九月二十四日（金）

ＤＶＤをアルゴスに送る。

展覧会のホームページができていて、それを見ていたらなんとレム・コールハースが一緒の展覧会に出品することになっているではありませんか！

彼は現在建築家で、ノリに乗っている人で、ジャーナリズムと建築を駆使しながらの表現に私も感じるところがあるので、本を贈ってみていたのでした。

勿論忙しい彼からは返事は来ていませんが……。

それでも同じ場所で展覧会をやるとは、ちょっとぼくもビビッてしまいました。

どんなところでやるんでしょう？

ホウにまかせっきりだったのでちょっとこれは本当にがんばらないといけません。

九月二十五日（土）

庭の写真を弟に見せて反応を窺ったら縦撮りの五枚の写真だけを選んでこれはいいと言った。

僕も一応この五枚は自分の中でいいと思っていたのでいいが自分でもまだよくわからないのは、

弟にも鈍く見えたのか。

その五枚のノリで百枚ぐらい集まるとこれもとても面白いことになるだろうなぁと思うがまだまだ先は長い。でも五枚は見つかっているんだな。

九月二十六日（日）

ＮＨＫで藤森照信氏の特集をやっていた。

氏のことが少し気になっている。

どういう風にかはなかなか説明できないけど、いい所を突いているなぁと思う。

そこは僕も興味をもっているからあんまり突っ込まないでぇというところをガンガンやっちゃう。

それで僕も一瞬ガクッとくる。しかも氏の博識は凄い量だからますます……。

見ていたら石山氏も出てきてしかもスライドショーの中にソーラーバッテリーの隅田川の家まで出てきてこれからはこの建築に近寄っていくんじゃないだろうかねー、とか話していた。

うーん。悔しいけど、今は仕方ない。

僕なりの出す場所、表現方法を探さないといけないと、思う。

九月二十七日（月）

スペクテイターのケイちゃんに新しい0円ハウスの図面ができたので電話すると今度、写真家の小松義夫氏に会ってロイド・カーンと連絡が取れないかを聞いてみるとのこと。凄いね面白くなりそうだ。小松さんにも会えたらいい。

ロイド・カーンは六〇年代に「シェルター」という世界各国の無名建築を自ら旅をしながら調査し、編集した作家である。

やはり私も六〇年代のフラーなどを調べていく途中でこの本に出会った。

その人とインタビューができないかということをケイちゃんは調整している。

ちょっとこれは実現したい。出発前にどうにかならないものか。

九月二十八日（火）

ドイツとベルギーってどういう所なのでしょう。イマイチ想像できません。

今回はブックフェアと展覧会だから、まあいいか。

それよりブックフェアの様子をきちんと記録してこようと思っている。

自分の展覧会も。ビデオを持っていったほうがいいかな。
自分の動きを映像に収める。

九月二十九日（水）

平野甲賀氏の本作りの本を読んでいて、いいなと思う。
昔の本の作り方。デザインの過程。
今のデジタル印刷とはやはり違う。手作業がある。
本がそこの質感を失ったら人は買わないだろう。
今度「立体」を出すときがきたら、印刷に力を入れたい。
今のデジタルを駆使しながら手作業の微妙な按配もとりいれているような……。
とにかく手に取りたい本だ。

2004

恭平、再び欧州へ

十月四日（月）

とうとう出発の日。

今空港から日記書いてます。

フランクフルトでは日本語のネットが無いかもしれないので、実況中継はできないかも。

今回は前回の売り込みオンリーの旅ではなく、ブックフェア、そして展覧会とちょっと何かが起きそうな予感もする。

しかし、その目的だけでなくそこから抜け出たところを掴んできたい。

ベルリンにも行ってみたいのだが、どうだろうか？

フランスで知り合ったアントニーのライブがブリュッセルであるのも楽しみだ。

トランジットのモスクワは寒いのか？

とにかくまずはブックフェア。どんどん売り込んでみましょう。

十月五日（火）

モスクワ経由でフランクフルト到着。

いきなりカードの暗証番号を間違えていて、カードがロックされるというハプニング。

やっちゃってます。ＪＴＢフランクフルト支局で再発行ができるというので向かう。

無事再発行でき、そのままユースホステルへ。

日本では予約が一杯でやばいかなと思ってたけど、普通に宿泊できる。一泊二〇ユーロ、朝食付き。

フランクフルトはあんまり見るところもなく、ユースホステルの近くのマイン川を散歩。

部屋は四人部屋。僕が出かけようとしていると一人のおじさんが入ってくる。

とにかく僕に喋りかけてくる。だけど何を言っているのか分からない。

どうにかポーランド人であることが判明。止まらずどんどん喋る。

名前はヨゼフ、息子はアダム。むちゃくちゃ笑顔。

僕が出かけようとすると、待てと呼ぶ。

2004

ヨゼフと散歩開始。また川沿い。

僕の本を見せると、興奮しだして息子に電話。

アダムはワルシャワで建築家をやっているらしく電話をしたようだ。

でもヨゼフは相変わらずポーランド語。でもとても親切。

部屋に帰って、彼が紅茶を沸かしてくれる。でもその後その湯沸かし器が火を噴いてこわれるというハプニング！

でも勿論ヨゼフは笑顔。あなたは素晴らしい。

美味しいパンもジャムも出してくれて、ティータイム。

そのジャムはどうやら手作りのブルーベリージャムのようだ。

瓶にはバターも一緒に入れていて、美味かった。

でもそれよりその瓶が年季が入っていて僕には凄く気になった。

空港でインド人が話してきて、彼はタブラ奏者でワルシャワにコンサートに行く途中だったのを思い出す。

今日はワルシャワづいている。ワルシャワ。

明日はブックフェア。楽しみ。

十月六日（水）

ユースで朝食。食べ放題。

パンとハムとレタスとコーンフレーク、ココア、コーヒー、ジャムパイ。

ついでに昼食用も作っとこうと。

ブックフェアに向かう。

入ってみると人、人、人。

何でこんなに人がいるの？　中入ってまたびっくり。

広っ！　中でバスが走ってるよ。

中には一〇の展示場があり、その一つでも恐ろしく広い。

ここでは版権の売買が主に行われていて、出版社どうし半年も前から商談の予定をいれている
ような完全にビジネスの場所。

僕は何をしようというのか？　まあ　歩いて様子をうかがおう。

どこも打ち合わせに忙しい。

でもこの規模は本当に凄いね。

2004

四号館は美術書専門館。ここがいいかも。

一冊だけの手作り本なんかも置いてあり、ここは他のところとはちょっと違う。

「Art Data」もあった。ここは僕の本をロンドンで販売してくれている出版社だ。

あっ、あった。並んでいますよ0円ハウス。変な気分。でもウレシイ。

あとリトルモアの本が色々と並んでいる。

他の国の出版社にもいろいろ見せてみることにした。

結構興味もってくれているようだ。

でもどういうふうにしたらよいかはまだなかなかつかめず。

それより面白いのでブースを見まくる。歩いても歩いても本が並ぶ。

これだけの本が一年の間に生まれているのかと実感。

今回のブックフェアについて協力をしてくれた凸版のブースにも行ってみる。

0円ハウスはここにも並べてもらってる。

凸版の島田さんを見つけたので挨拶。

裏の控え室でお茶をいただく。ありがたい。

宙出版の大西さんを紹介してもらう。

大西さんは来年からブックフェアに参加しようと計画しているらしい。漫画の出版社だ。漫画はここでも凄い。ブースには人が群がっている。

コミックと漫画は分けられているそうだ。漫画は海外でも右綴じらしい。

凸版はアメリカにもオフィスがあり、ローリンという女性を紹介してもらう。

彼女は今回のブックフェアで僕の本を見てくれていて、しかも気に入ってくれているみたいで0円ハウスをアメリカのいくつかの出版社に紹介したいといってくれた。

彼女はビジネスというより自分のしたいことをやっていきたいんだと日本語で語った。

僕の今後の計画などを話すと彼女の中でいろいろ広がったようで、いくつか当たってみてくれるそうだ。

楽しみである。やっぱり現場にいくと何かに出会う。バチバチっと。

午前中から夕方までみっちり歩いたので疲れて帰ってそのまま睡眠。

起きると同居人のヨゼフは今日は寝ていて、隣のレーガンがどっか飲みにいこうとお誘い。

ホテルの裏道はなんか古い居酒屋が集まっているところだったのでそこに行ってみる。

一軒目ドイツの昔ながらの居酒屋。二軒目アイリッシュパブ、三軒目ラテンバー。

彼は日本に相当入れ込んでいるらしく、しかもまた漫画。

「GTO」「頭文字D」とかいろいろ熱く語ってた。日本にまた戻ってくるらしい。
そのまま二人で酔っ払って帰って爆睡。

十月七日(木)

朝から外出。川沿いの現代美術館でドイツ作家の展覧会をやっていた。
ベッヒャー夫妻の貯水タンクの写真が見られた。
ヨゼフ・ボイスの作品も。キーファーも。
ボイスのフェルトで作ったジャケットがいい。
明日ブリュッセルに向かうので、駅でバスチケット購入。三〇ユーロ。
フランス人の友人アントニーが明日ブリュッセルでライブをするので観にいく。
今日は昼過ぎにブックフェア。
まずは凸版に挨拶。また大西さんが来ていた。
ちょっと疲れているみたいだったので館内のカフェで一緒に飲みませんかと誘う。
話をしていたら盛り上がって、大西さん次第に熱くなってきた。僕も熱くなってきた。
凸版のローリンと昨日に引き続き話をする。

これはおもしろくなりそうだ。
「Idea Book」というアムステルダムの出版社に勤める日本人女性に会う。
彼女は既に知っていてくれて、これはぜひアムステルダムで紹介したいとのこと。
あと本の流通について色々話を聞く。
後は他のブースを見てブックフェアを後にする。
今回はまたこれまでとは違った流れを感じる。
ホテルに帰って、ヨゼフ、レーガンと別れの挨拶。
このブックフェアは一度見ておいてよかった。
でも僕は次に早くとりかかりたい。

十月八日（金）

ユーロライン（バス）で早朝ブリュッセルに向かう。
昼過ぎに到着。そのままアルゴス・フェスティバルのオフィスへ。
住所が正確に分からず、徘徊してるとドアが開き、女性が出てくる。
彼女はこっちをみると「恭平？」と。カレンだ。

2004

彼女はアルゴスという展覧会祭のテクニカルアドバイザーを担当している。

僕が送ったＤＶＤが一つ足りなかったので渡す。

彼女は忙しかったので明日昼食を一緒に食べる約束をして別れる。

アントニーに電話すると近くで明日のライブの準備をしているらしく、出てきてくれた。

半年ぶりの再会。そのままライブ会場に向かう。

そこは若い会社が共同で運営している元廃墟で、明日はそこの大部分を使ってライブをするようだ。

日本からはネット上から粉川哲夫氏が参加するとのこと。

夜はアントニーの友人のジャックが郊外の自分の家まで車で送ってくれ、しかも泊めてくれた。

ジャックは音楽学校でバスクラリネットを教えているらしく、最近は電子音楽にはまりこんでいるようだ。

家にはラジオを分解したような回線が置かれている。古いラジオを楽器として使っている。

屋根裏部屋に寝る。自分でところどころ改造していていいスペース。でもちょっと寒い。

十月九日（土）

昨日寒すぎて風邪気味。体調優れず。

朝、ジャックと朝食。近くで買ってきてくれたパンが美味過ぎて食べまくる。

胡桃とか向日葵の種とか色々入っているやつ。

ここのマーマレードも美味いね。こっちはどこもジャムが美味い。

コーヒー。美味い。パスカルが降りてくる。

パスカルはジャックの同居人の女性。

小さなダンスカンパニーを運営しているようだ。

パスカルは朝っぱらから元気で、僕と朝からとにかくトーク。

パスカルの友人をたくさん紹介したいらしい。

この人は、人と人を結びつける不思議な人。

体調悪いので、彼女がビタミン剤、あと色んな草のエキスを抽出したような液体をくれる。

車でまたブリュッセルに出発。

BGM——キャプテン・ビーフハート、ボブ・マーリー。

2004

明け方の高速からの眺め。いい。

ライブ会場では、アントニーがもう準備を始めている。

彼は屋上で、蜂が迷い込んでいる所で飛ぶ音を録音している。

その音を、大音量で聞いているとチベットのお経みたいに聞こえる。

ちょっと手伝った後、僕はカレンと昼食に行く。

DVDの件もうまくいったらしく、これで展覧会の準備はバッチリ。

中心部近くのいわゆる観光地を案内してくれる。

ションベン小僧、チッチャイ！

おいしいクッキー屋さんでお土産買う。

味見コーナーで試食しまくる。おいしいよ。

その後、近くの感じの良いカフェで昼食。パンケーキ屋さんみたいだ。

ハム&チーズをクレープで包んでいるやつ。美味い。

カレンは映像作家をしているらしいが食べていくのは大変らしく、今回の展覧会とかの技術担当をしているそうだ。

他はミュージッククリップとか。

彼女がつくっているＤＶＤをくれた。

モヒカンっぽい金髪。オープニングで会うのを約束して別れる。

その後、夕方からパスカルが車で迎えに来て、朝言っていた人たちの所へ連れて行ってもらう。

行った所は変な、工場のようなところ。

階段を上っていく。凄く異様な場所。

ドラムの音が鳴り響く所へ近づく。ここが彼らの家のようだ。

中に入ると、そこは巨大なアトリエ。

ドラムセット、写真、音楽機材、アンプ、スピーカー、絵などが無造作に並ぶ。

天井は異常なほど高い。

二人のアーティストが住んでいた。パトリック、フィリップ。

パトリックは写真家。フィリップは音楽家。

彼の写真は凄くよかった。とくにロシアで撮った写真が。

ブリュッセルでは面白い人によく会う。

部屋と彼をパチリ。

そのままアントニーのライブへ。

結構人も来ていた。だけど夜遅くに建物全体で大音量の音出しまくっているけどなんで大丈夫なのでしょう。

アントニーのライブは静かな演奏。

車の音が海の音に聞こえる。

演奏が終わってそのまま地下のバーで打ち上げ。

だけど体調が悪く僕はそこで寝まくる。

そのまま明け方近くまでそこにいた。

今日は泊まるところをとっていないのでパリからきてくれたタンゴとミヒャエルと朝まで外にいた。寒すぎ。

ベトナム料理屋。ケバブ屋。そのあと夜のブリュッセル観光。今日は歩きすぎ。

十月十日（日）

荷物をとりに昨日のライブ会場へ。

しかし、行ってみると空いていない。

今日は日曜日。そりゃあ閉まるよね。

アントニーに電話するが出ず、困っていると一人の男性がドアを開けた。
彼はイリオスといってライブ会場の隣でオフィスを運営している。
そこまでいけたが荷物はまだない。そこで他のメンバーに電話する。
ようやく繋がり、向かってくれるらしい。
しかし、今日はなんとマラソンが中心部であるらしく、異常なほど交通渋滞。
結局彼らが着いたのが午後二時。はー。
バスのきっぷを変更。今日は朝から変な日。
そのまま彼らと別れ、イリオスには感謝。
バスに乗る。パリへ。
昨日今日は無計画にやりすぎた。反省。バスで爆睡。
ようやくパリに着いた。久しぶりです。
タンゴの家に着く。お世話になります。
今まで歩きまくっていたので、やっと落ち着けた。
シャワー浴びて、疲れて寝る。

十月十一日（月）

九時起床。腹が鳴ってる。
マーボードーフを作る。これからは自炊です。
昼過ぎに出かける。オデオンで降りて、売り込みに行った本屋にいく。
「モニター」。ないぞ。
「La Hune」。ない。あれれ。
本が並んでません。聞いたら仕入れてもなさそうだ。
ロンドンには結構送っているらしいけど、パリにはないのか。
残念。パリの方が色々回ったのに……。
カフェで一服。
三時ごろタンゴの友人宅へ。
ドイツ人と日本人のカップル。
家のブルーのドアがいい。
やっぱりこっちは狭くても気持ちの良い空間をつくっている。

バスルームのタイルもいい。
歩いて家まで帰る。
夜は生姜焼き。スープ。お酒かって飲む。明け方寝る。

十月十二日（火）

タンゴの家の近くのOFRという書店に行く。
ここにも本が並んでない。あれれ。
パリには出回ってないようです。
帰国したらちょっと手を打ってみましょう。
そのままメトロでバルベスというアフリカ人街へ。
店に入ると、なんか木の根っこみたいなものばっかり売ってる。
飲んで使うそうだ。
布屋にも入る　お土産にいいかなと思うがこれというモノ見つからず。
雑貨屋さんに入る。
普通の日用品屋さんの方がおもしろいや。

2004

そこでエスプレッソマシンの安いやつ発見。

一〇ユーロ。購入。一番小さい良いサイズ。

前回パリに行った時に気に入ってたカフェに。

ビール一杯。ここはパリで初めて入ったところ。

内装がよく、というか昔のまんまのようで気持ちいい。

でも人気のようで混み混み。

今日は夜にパリの建築事務所で働いている菅原さんが遊びに来るというので餃子を作ろうかと
いうことになって、中華スーパーで米、挽肉、白菜、韮、皮を購入。

ここの肉屋のオヤジちょっとおかしいけど。

MENU——餃子、飯、タマゴスープ、サラダ
菅原さん到着。飯出来上がらないのに、話は進む。

僕は吉阪さんとか石山さんの話とかで熱くなってた。

菅原さんも静かに熱くなる。

タマゴスープ出来上がる。

菅原さんが買ってくれたワインが美味くて話も走る。

展覧会とかもやったことがあるらしく、色んなことに興味をもっている。

話しているうちに、ちょっと振り返る。

建築にはまり、六〇年代カルチャーにどっぷり、ビートにも打たれ、ホールアースとアーキグラムで本を知り、ビデオも撮った。

それで本作って、ビデオ持って今ヨーロッパにいる。

自分が思っていた道とはちょっとずれてるか。

そうやってずれてずれて、なるようになる。

これからもずれていくか！

四時間程みっちり喋って、終電間際、菅原さん帰宅。

残りのワイン飲んで寝る。

十月十三日（水）

お昼過ぎ「Blast」の編集長オードリーに電話。

四時ごろ会おうということに。歩いて向かう。

「Blast」の編集室に行くと前回より人も増えていて、忙しくなってそうだった。

僕が出した号の後、また次号を作ったらしい。僕は本を渡す。

さらに、日本から持って来ていた他の写真も売り込む。

オードリーの顔色変わる。オッこれはいけるぞ！

もっとみせる。彼女は他の人をこっちに呼び出す。

こうなったらこっちのもんです。

今回はちょっと前に撮っておいた代々木公園で毎週日曜日に行われる不思議なフリーマーケットの写真。

オードリーは本当に即決です。

その場で六枚選んで、来週日本に帰ったら速攻で送れ！と。

また六ページ。こっちはすぐ決まって拍子抜け。

オードリーはさらに他のディレクターにも紹介したいと言ってくれた。

どうなるか楽しみだ。

僕としてはまた他の写真でこうなったので喜んだ。

こういうふうに日本でもうまくいくといいんだが……。

十月十四日（木）

十二時。シャトレ＝レ・アル駅で滝田さんと待ち合わせ。
あっユーンも来てる。彼女は韓国人でパワフル。
近くのサラダ屋に入る。ここ流行ってるね。
本を渡す。半年前はお世話になりました。
滝田さんカップルは喜んで見てくれた。うれしいね。
ユースケくんという写真家が訪ねてきてくれる。
日本の雑誌向けに撮っているそうだ。
日本語と英語とフランス語が混じる、交差、僕はもう僕語。得意の。
こういう時は何か始まる。
案の定、ユーン興奮し、アイデアでる。
いいね。この流れ。ユーン、サンキュー。
気持ちよくランチも終了。
滝田さんたちはルーブルへ、僕は寝に帰る。

2004

六時にアントニーと展覧会のオープニング。

彼は本当によくしてくれる。

友人を紹介してくれ、いいものを見せようとしてくれる。

もう親友だ。それだけで僕は胸一杯。

展覧会はアイランドのアーティストたちの不思議なイカレタもの！

僕はアントニーとただ笑う。飲むワイン。ピーナッツ。食う。

そのまま二次会、バー。ビールアントニーオゴリ。メルシー。

アントニーは今日はスコブルご機嫌。僕の調子もやっぱりご機嫌。

そこで日本語を喋るフランス人発見。

マルク。横には日本人ゆうこさん。

たまたま日本から旅行に来ているそうだ。

彼は日本で日本のアーティストをヨーロッパに紹介するギャラリーを作りたいと願う良きフランス人で。

日本のテレビ番組の再現ビデオにも出てるらしく、「再現」「再現」と言っていて笑う。

今日は僕も調子よく、酔っ払う。

会話は今日はコスモポリタン。こういう時はアタマがオープン。
よい時。噛みしめる。
アントニーはいつもどおり帰ってから日本食レストランで会うことを約束。
明日は早くブリュッセルに出発するので帰る。
帰ってから、くるり「Team Rock」聴く。
カレーの歌にしびれる。
明日はアルゴスのオープニング。
いい仕事ができそうな気がする。
明日は初の展覧会。しっかり寝るか！

十月十五日（金）

展覧会当日。
朝十時のユーロライン、ブリュッセル行きに乗り込む。
バスで四時間。ちょっと遅れて昼の三時ごろブリュッセル到着。
そのまま展示がある「Matrix Art Project」へ。

2004

そこは場末のボロボロの建物を再利用しているギャラリーだった。

オープン前だけど行ってみることにする。

中に入るとなんか慌しい。

なんとまだ設営が終わっていない。えっ？

ホウがいた。挨拶する。

ここが君のスペースだといって紹介してもらうが、合板を建ててあるだけ。

ちょっとがっくり。

話では別々の部屋で、三つとも独立して展示するということになっていたはず……。

しかも、そんなに大きくないスペースにたくさんのアーティストの作品が所狭しと並びすぎている。

こりゃあいかん！

カレンとも会ったが、僕も正直なんとも返答しようがなく会話も弾まず。

オープニングまで外で観光することに。

ちょっと現場をみて凹んでしまったので、一服しようとカフェによる。

とても気持ちよく素晴らしい場所だった。

そこで色々考える。

今回はホウからＤＶＤを送ってくれという依頼のみだった。そこだねやっぱり。

自分が直接見て、展示できない展覧会はやっぱり自分の思ったようにはいかない。

当たり前。今回の旅も色々あったがなんとかうまく運んでいると思った矢先のコレは当然きつかった。

でも強引な僕はこれは是が非でも日本で自分で展覧会をやらなあかん！という目標をつくった。

これは今まであまり真剣に思っていなかったことだ。

売り込みをしたらどうにか人がやってくれるかもと思っていた。

やりたかったら自分の思う存分できるほうがいいんだ。

さあベルギービールを飲もう。

アールデコ当時の内装が今も残るカフェでアルコール重めのベルギービールを一杯。

オープニングにも行ってみるが、やはり予想は的中で観客は入っていたが、ワインも飲み放題じゃない。

しかし、少しは収穫あり。

来ていたベルギー人たちはオープニングの時間過ぎても残って話をしていて、僕の本に非常に興味を持ってくれた。

女性二人組。そして、韓国人のヨハキムとユン。

彼らはどちらもブリュッセルでアーティストとしてやっているらしく、ユンは映画を勉強して
いるらしい。

しかも、ジャックも来てくれていた。ありがとね。

上のカフェでまたビール飲んで、ユース帰って寝る。

歴史に残る残念。うーん。

十月十六日（土）

朝早く起きて、こうなったら蚤の市！

行ってみると、決して大きくはないがかなり充実した品揃い。

僕は食器に（しかも相当安いやつ）目が無いのでひたすら探す。あるある！

こっちの黄色とか水色とかなんでこんなに気持ちいいのか？

しかも安くてボロボロの方ほどいい。

今回は濃ブルーグリーンの灰皿、フランス産の赤いラインが入った白いカップ＆ソーサー。

エメラルドグリーンの醤油入れ。ボロボロのスプーン。木の取っ手がある栓抜きなど……。大収穫。

しかも僕が高円寺の近所の西友で買物時に使いたいから買おうと思っていた、籠も発見！一ユーロ！

やっぱり観光はベタに蚤の市です。

昼食はブリュッセルの中心の観光地でパスタ。

渋谷ライオンのディズニー版みたいな店。

そろそろベルギー二回目も終わる。

帰る直前、路上でベルギーワッフル屋発見。忘れてた。一・五ユーロ。

美味っ。本場すごいよこれは！

またまたバスに揺られて夜パリ到着。

とうとう明日は最終日。

朝からまたまた蚤の市いこかね。ビール飲んで日記書く。

十月十七日（日）

2004

朝起きてヴァンヴへ蚤の市パリ編。
おお懐かしい街。戻ってきました。
だけど品物見たら、ブリュッセルの方がいいかも。しかも安い。
ガラスのティーカップ二セット買う。
その後、いろんなグラス。フライ返し。占めて七ユーロ。
帰りに、中華スーパーに寄って鍋の材料購入。
春菊、えのき、味ぽん、大関（日本酒）、大根。
今日も歩きすぎた。帰ってしばし睡眠。
アントニーとアナヤンシも来てくれるみたいだ。
今日は水炊きパーティー。
八時ごろ少し遅れて、アントニー、アナヤンシ来訪。
アントニーは写真集をプレゼントしてくれた。
アナヤンシはワインの差し入れ。
今日は最終日。どんちゃんやるか！
このふたりとは半年前のパリ売り込み大作戦の時に知り合った。

その時も国虎屋というパリにある、日本食レストランで打ち上げした。

今回は私の手料理、水炊き。

鮭と鶏団子も入ってるよ。

アナヤンシが持って来てくれたワインで乾杯。

このメンバーだといきなり話は盛り上がる。

本当に日本人みたいだなこりゃ。

ラテンとは気が合う僕。

言葉は英語、フランス語混じってもう無茶苦茶ですけど……。

アントニーとアナヤンシは全然両極の感覚を持っているんですけど、両極だから反対からすぐ会える。

意外と話はシンクロしているみたい。もう楽しいから何でもいい。

みんな酔っ払って無茶苦茶言ってるけど、話が繋がっているから不思議なもんです。

水炊きはお口に合っていたようで全部売り切れる。

勿論その後は、ご飯を入れて雑炊。これも売り切れ。

アナヤンシはこういうシンプルでヘルシーな日本食すきだから。ほっ。

不思議なことにアントニーは僕の本当にめちゃくちゃな英語のニュアンスがもう分かっているみたいで、絶対わからないかなと思うことでも理解している。

もうあなたは立派な日本人です！

明日帰ると思うと淋しくなるが、あなた達とは日本での近所の友人のような気がしてきて。

その後僕が買ってきた安いワインも飲み干し、話も喋り捲ってお開き。

ありがとうございました。毎度。

玄関先まで見送ってフィニッシュ！

酔っ払ったが日記もようやく今書き終わって即寝！

明日は日本。よい旅でした。

十月十八日（月）

帰国の日。

いや今回も山あり谷ありでありましたが。

前回よりは、ちょっと違うこと感じられるようになったような気が。

日本に帰ってからもやらねば。

シャルル・ド・ゴール空港からモスクワへ。
アエロフロートの機内の食事用のコップの色が琥珀みたいで気になる。
もって帰ることにした。
僕は機内では毎度爆睡。

十月十九日（火）

朝の十時成田到着。
なんか本当に久しぶりだなと思う。
フランクフルトで歩きすぎたからだこれは。きっと。
「Blast」に送る用の写真のフィルムを整理する。
これも二年前の作品だ。ようやく日の目を浴びる。
「Blast」からは今度は報酬をもらわなくては。
しかも定期的に仕事ができるような流れにしていきたい。
凸版のローリンにも定期的に連絡を取っていこう。
こういうふうに少しずつっていうところだろう。

でも鼻水が止まらない。

恭平、歩く

十月二十日（水）

新宿歩いていたら、ガードレールに括りつけてある巨大なダンボール箱を発見した。
何だろうと中を覗くと、ゴミが入っている。
しかも、ダンボール箱はいくつか並んでいて、分類されている。
そして横を見ると、一軒の0円ハウス。
なるほど。彼がゴミ箱を作ったのである。
一気に僕にはその場が新宿なのに見慣れない街に見えた。

十月二十一日（木）

久しぶりに山本政志監督「ロビンソンの庭」観る。

いやあ久しぶりに見て、またぐっときます。

自然と、機械と、人間との関係の描き方に参る。

全部が混じっている、ドライに。

人間と空間との間に生まれる関係はこういう方がいい。

でもたまにそれを忘れてしまうときがある。それでたまに見る。

見終わったあとに、何かを作りたくさせてしまうものは何度見ても湧き上がってくるから凄い。

僕もそういうものを作りたい。

十月二十三日（土）

新潟地震。僕は地震に気付かず、めまいがしているのかなと思っていた。

しかし、四回目の地震でエレベーターが停止し地震と気付く。

新幹線は脱線したらしい。

十月二十四日（日）

昼飯は新中野のタイ料理屋。

なんだここは。タイのおばちゃんがやっている日本の定食屋みたいな感じ。

テーブルの上の固い透明のビニールクロス。

午後、初台のオペラシティにてヴォルフガング・ティルマンスの展覧会を見に行く。

僕は彼の写真がずっと気になっている。

入るなり、ガーン。

やっぱり単純にかっこいいね。これは。

でかい写真。印画紙。

その横にはポストカードのようなものがメンディングテープで貼ってある。

大きくドットの粗いインクジェットで出力しているものも全部等価に並べられている。

友達の家で、見たことがなかったカッコいい写真集を見つけたような気分。

つまらないバイトの面接で一緒に面接した人が同じ音楽を好きだった感じ。

そして帰り際に僕の頭の中にはなぜか「アビイ・ロード」がアルバムの曲順にちゃんとメドレーのところもきちんと流れ出した（ような気になった）。

アビイ・ロードが新しい電子音楽のように感じられた。

夜は伊藤&ホカリ宅で「Blast」用の写真を送付。無事完了。

黒霧島を頂く。また伊藤家で漫画読んで寝る。

十月二十七日（水）

岩田君、家に遊びに来る。

ツェッペリンの聴き方に非常に興味を持つ。

そのあと映画の話も。

いやあ彼は僕の物の受け取り方とは感覚的に全く違うものを持っているのでいつも頭が洗濯されたようになる。

教えてもらった映画を借りる。「黒猫・白猫」。

この前見た「ロビンソンの庭」の時を思い出す。

なにかこの二つ匂うぞ。

ストーリーを超えていく人間たちの営み。

チャック・ベリーも僕の頭をよぎる。説明不要の力。

十月二十八日（木）

「ユリイカ」で藤森照信さんの特集をやっている。

これは面白い編集だ。よくこんな特集やったものだ。

ユリイカでは文学者ではない特集をやっているとつい読みたくなってしまう。

そのときはいつも違う脳みそ使っている感じがしてなかなか楽しいからだ。

今回の藤森建築特集では対談が氏と中沢新一氏。すごい組み合わせ。

テーマは立て石などについて。しぶい。

やっぱり今は藤森さんが気持ちよくやっている。時代も追い風になってどんどんやっている。

しかもすこぶる健康的だ。このやり方は今までにない匂いがする。

十月二十九日（金）

午後、ライターの朴さんと会う。

「ＡＥＲＡ」用の写真のデータを渡す。お互い大変ですけどがんばりましょうかと話す。

「Blast」からメール。

ギャラが発生しそうだ。ほっとする。

少しずつではあるが仕事ができつつある。

ブラストでは連載のようなものにできるように作品を作り続けよう。

しかし、このように雑誌社から頼まれてやるのではなく、もっと積極的に自家生産的で持続的なものを早く始めたいと焦っていることも事実。

旅行帰りで未だ資金不足。これからは少し軍資金集めをしよう。

十月三十日（土）

今和次郎「住居論」「生活学」

吉阪隆正「住居学汎論」

伊藤ていじ
建築関連の書物、数冊借りてくる。

今和次郎がやっていた学問は人間の持つ不器用で計算できない世界に前向きな目を向けて、その人間の姿の奥には、もっと不思議な法則が隠されている予感に満ちている。

一方、僕がやっているのはまだその表層部分だけのような気がしてくる。

やはり目に見えやすい世界だけをみている。

これでは広がっていかないはずだ。

もっと幅をもってすべてを目の中にいれないと……。

もっと勉強が必要だ。

十月三十一日（日）

中沢新一「カイエ・ソバージュ」という講義集読む。

この本は今までの彼の考えの集大成という感じがする。

話は神話について。

レヴィ＝ストロースが書いた神話論理という書物から出発し、南方熊楠の「燕石考」という燕の巣を漁るという風習が世界各国に散らばっているという、唯一の論文に繋がり、折口信夫の環太平洋を視野にいれた文化の発展の話まで（縄文とインディアンの共通点など……）あらゆる話が小さいころにみた不思議な物語のように絡み合う……。

まるで彼の話が神話のように見えてくる。

こういう想像力を駆り立てるものを学問というのだろう。

2004

十一月一日（月）

今度、もう一回ドラム缶の家「川合健二邸」に行こうと。
次に出す立体の第一回目に登場してもらうためだ。
何回も出すといってなかなか出せませんが……。今年中には絶対出す。
ドラムカンの家はいつ見てもいい。
これをどう形容してよいかいつもよくわからなくなるが。
見ると、鉄なんだけど、古い木造の建築みたいで。
懐かしいんだけど、それは今まで見たことのない住宅ではあるわけで。
だけど、なんか「間違いない！」とはっきり言えるものなのです。
これをぜひ僕は立体の一号目に持ってきたい。
やっぱりこういうものこそが家だ。

十一月二日（火）

ジャック・ケルアックの「The Dharma Bums」購入。

原文で読んでみるという荒業を試みる。

朴さんから、「AERA」用の原稿届く。結構面白いページになるのでは。

十一月三日（水）

ケイ君とスペクテイター打ち合わせ。

もう期限が迫っているようで……。

来週までにスケッチと文章を仕上げると約束。

ちょっと他とは違うように書きたいので考えるがなかなかまとまらず。

今までの自分が追いかけてきた建築等も絡ませていけると非常にいいものができるような気がするが。

ケルアック読む。読んでいると気持ちいい。

十一月四日（木）

吉阪隆正「住居学汎論」。

彼の処女作であり、異例の本である。

2004

建築家である前に住居学者であり、今和次郎の下で勉強をしていた時の作品。

コルビュジエに学ぶ前である。

ここには住居をデザインの視点からではなく、人間学のような視点で描いている。

時折入っている図版のセンスもズバ抜けている。

そこにでてくる震災後に残った納屋を改築して出来た自邸と終戦後の本棚を並べて壁にして、屋根をかけただけの書斎の写真。

これが彼の元になっているのだろう。

だからこそ他の建築家とは全然違う進み方をしたのだろう。

その後、彼はフランスに留学し、予定に入れていなかったがコルビュジエの所で学ぶことになり、帰国後建築家として活躍する。

それは洗練されたデザインではなく、あの二つのバラックのような自宅が元になっているようにみえる。

同時にそれは懐かしい。

しかしその懐かしさは、昔を思い出すようなものではなく、実在しない自分のなかにある風景を思い起こさせるものだ。

十一月七日（日）

鎌倉散歩。

今日は鎌倉近代美術館に「ジャン・プルーヴェ展」を見に行く。

家具や模型、写真などてんこ盛りで大満足。

プルーヴェの家具にも最近僕がなんとなく感じていることが含まれていて非常に興味深かった。

何だとはなかなかまだ説明できないが、彼の作品もデザインとはまた違うものだった。

ペンキの塗り具合、溶接部分のちょっと不器用な点、スチールパイプの折り曲げ部分の皺とか。

コルビュジエのマルセイユの集合住宅「ユニテ」を見たときもそうである。

今和次郎が書いた「モデルノロヂオ」に入っている弟子・吉田謙吉が書いているスケッチもそうだ。

笑える部分がある。最後の最後にぽっと抜ける穴があるのだ。

夜、テレビで栗原はるみさんの特集があった。

料理研究家で主婦に絶大な支持をうけているあの人だ。

この特集はかなりよかった。

僕には彼女がすこし、イームズに見えた。

自分の身の回りの生活品、料理、人が一番重要だということ。

それを彼女は誰もがわかりやすいように表現している。

誰にでもわかる言葉で、料理で。

彼女の言葉で「料理は音楽と一緒である」というところがすごく気にかかった。

すごくこの人はわかっているなぁ。

十一月八日（月）

ロイド・カーンさんに送る用の質問をケイ君に渡す。

今もシェルター出版社を運営し、年に数冊出版している。

今回はスペクテイターの紙上でインタビューができることになった。

カーンさんたちの編集や生活の考え方には十九、二十歳の時、衝撃を覚えた。

0円ハウスをどう見るのか興味がある。

僕として一番興味がある点は、それまでフラーの思想に傾倒していた彼が、その後ある限界に気付きその時に小屋に向かっていったところだ。

小屋という一見するとノスタルジーだけのようなものになりそうなものにどういう感覚で迫っていったのか聞いてみたい。

先日の吉阪隆正についての話に寄ってきている。

十一月二十一日（日）

日記をだいぶ休んでしまった。二週間も。

たまにはこういう時もあるもんだ。でもまた書こう。

今日はうらわ美術館にフルクサス展を見に行く。

うらわ美術館は「本」をテーマに掘り下げて展示をしている珍しく、重要な美術館だ。

フルクサスとネオダダというアメリカと日本の二大前衛芸術運動に学生時代、私はとてつもなく入り込んだ。いつの日か抜けていったが……。

今回の展示はものすごい量の作品が収集されていて、全部見るのに三時間ぐらいかかった。

それで六三〇円。いいねえ。

特に僕が気になったのは、フルクサスの主唱者であった、マチューナスという人物。

かれは商業デザインをして生計を立てながら、そこでの稼ぎを全部フルクサスの活動に捧げた。彼は芸術作品を作るというのではなく、それらの作品のカタログ、紹介、フライヤーなど「媒体」を作り続けた。凄くピュアだったのだろう。

そのために彼が作るカタログはすばらしいものだったが、工期は遅れ、アーティスト達は苛立ちを隠せなかったのではないか。

そのうちに他の手際のよいものたちがフルクサスを編集しはじめ、彼は嫉妬し、内部分裂を引き起こしていく。

彼の作品はどれもすばらしいものだった。

そこに一つの表現の鉄則を感じる。自分にとっても勉強になる。

NHK「トップランナー」では、リップスライムが登場。

そのインタビューを見る。面白い。

脱力しながらエネルギーを集中していっている。

日本語ラップとかそういうのじゃなくなってきている。

おじいちゃんが便所に平家物語の序文を書いていて、それが気持ちよかったらしい。

十一月二十二日（月）

宮崎駿氏の著作集「出発点」読む。

修行時代からの様子が克明に書かれている。

氏は機械は好きだが、壊れないようなピカピカの機械が好きなのではなくて、すぐに壊れてしまうような、でも修理すると持ちこたえて期待以上の動きをするようなものがいいという。

しかも、それが作品に表現されている。

これはすごいことだ。

僕も街の建物について似たような思いを抱く。

そんな完璧にデザインされたものなどではなく、もっと自分なりに考えて、工夫されたような家が並ぶような街。

そこにはある動きが生まれると思う。

勝手にシンクロさせて考えてみた。

十一月二十三日（火）

ロイド・カーンからの返答が戻ってきたらしく、ケイ君のところに行く。

フラーについてちょっと興味深い意見が述べられていた。

さらに僕の記事についてまとめ。細かく詰めている。

なかなか僕にはできない作業。勉強になります。

ようやく形が見えてきた。

十一月二十四日（水）

宮崎駿氏の本のなかに縄文の話が結構載っていて、そのまま藤森栄一の「古道」を読む。

よく知らなかったけど、いわゆる学者タイプの考古学者ではなく、在野の人だったようだ。

奥さんと妹さんなんかと一緒に掘っていたそうだ。

この人は本当に考古学が好きで、学問を超えたところでやっている。その姿勢がいいのだ。

縄文期の話なんかはとても創造に溢れ、しかもそれがフィールドワークに裏打ちされていて、
田舎の職人さんに似ている。

彼は史跡というよりは道を追っていて、そのようなオリジナリティ溢れる追求は、子供時代からの延長がなせる技だと思い、私ももっとがんばらなくては。

十一月二十五日（木）

０円ハウスを実際に建てることができるかを今雑誌用に考えているところであるが、なかなかこの牙城は崩せずじまい。

素人でも家を建てる可能性というのはある。問題は土地だ。

東京では土地がない。空き地がない。

そんな中で今注目しているのが家庭菜園。

これは一五平方メートルぐらいの敷地を一万円もしない値段で二年間借りられる。

そこの半分を家にして、残りを菜園にするとか考えているのだが。

今は難しいだろう。でも可能性はある。

もっと人が家について思いを馳せられるようにならないものか？

十一月二十六日（金）

デイヴィッド・ホックニーの版画集。またまたホックニー見ている。

今回は全部版画、彼はやっぱり黒一色のエッチングが最高だ。

油絵だけでなく、本の挿絵に使われるような小さな版画も同じくらい探求している。

それでいて入り込みすぎず、メッセージ強すぎず、するりと抜けていて、見ているだけでいい。

考えなくていい。

十二月二日（木）

原弘という昔活躍したグラフィックデザイナーのエッセイを読む。

そこに夏目漱石の装丁の話が載っていた。

以前鎌倉にいったときに立ち寄った古本屋があって、そこは今和次郎の民家採集の原本なんかもあるようなところで、夏目漱石の「吾輩は猫である」の古い本も置いてあり、その装丁に揺さぶられたのを思い出した。

装丁は橋口五葉という作家の作品らしい。

装丁家が今気になる。

十二月三日（金）

明日のお土産用に荻窪「ル・クール・ピュー」というパン屋へ。

ここのパンはとにかく旨い。そして店構えもいい。こんな店が増えればいい。
ここの胡桃レーズンパンは絶品。パリを思い出す。

十二月四日（土）

石山研究室時代の先輩松本さん夫妻と、大工職人市根井さんと四人でドラム缶ツアー。
幻庵とはじめてのご対面。
通りから少し入り、小川沿いに車を走る。
手すりのない橋を渡ると見えてくる。
幻庵にたどり着くまでの道が苔に覆われていて気持ちを高ぶらせる。
徐々に見えてくる、鉄の塊。
森の中でそこだけぽっかり穴が開いていて、光が入ってきている。
周りはすべて緑で覆われ、ドラム缶の家とはぜんぜん違う印象。
初めて後ろ姿も拝見。こっちもいい。
こんなのは初めてだ。シュヴァルの時よりもぐっとくる。
とにかく一時ぼーっとした。説明不可能。

その後、またドラム缶にも立ち寄り、久々に花子さんにも会う。

いつものように気持ちのよい会合になる。

とにかく自分も続けていこうと励まされた。

十二月五日（日）

阿佐ヶ谷にユーリ・ノルシュテインというロシアの映像作家の映画を見にいくが、満席で見られず。

そこで久しぶりにそのまま近くの名曲喫茶「ヴィオロン」に行き、コーヒー一杯。

喫茶店も記録に残しておきたい。

夜は水炊き。鶏団子はなぜこんなに美味しい？

十二月六日（月）

撮影。新井薬師の駅近くの庭師を訪ねる。

彼は以前紳士服のテーラーだったが、退職後、息子も独立した後、庭造りに励み始めたそうだ。

見たこともないような花ばかり育てている。

もちろん庭といえるようなスペースは無く、道路にそって増殖している。
車輪のついた植木鉢も発見。

十二月七日（火）

通りを歩いているとソテツの木が生えているのを見かける。
まるで南国の家のような庭になっているのもある。
あれは一体何だろう。気になる。

〔第一巻おわり〕

二〇〇四年までの僕

二〇〇四年七月にリトルモアから「0円ハウス」は出版された。出版物としてはこれが処女作である。そんなわけで、今年二〇一四年はちょうど十年目ということになる。0円ハウスを出すときは、本を書くようになるとは全く想像していなかった。日記の中に、文章だけの本をいつか作りたいと夢を語っている箇所があった。僕が執筆に本腰を入れるようになるのは二〇〇八年からである。だからまだ先のことだ。過程で何度も悩むことになる。それはこれから出版されるであろう「坂口恭平のぼうけん」第二巻以降で明らかになっていくはずだ。

僕ははじめて自分の作品だと思えるものを作ったのが一九九九年、大学三年生のときの「貯水タンクに棲む」というタイトルの映像作品である。これについては著作でも何度か説明しているので詳細は省くが、早稲田大学理工学部建築学科の課題として提出したものだった。このように僕は入学した当初こそ、真面目に図面を引いたりしていたものの、二年生頃から建築設計という行為そのものに疑問を抱いてしまっていた。

普通であれば、そこでドロップアウトして、辞めちゃえばいいのであるが、建築に興味が無いわけではなかった僕はむしろ興味自体は周りの学生たちよりも過剰にあったように思う。昔の文献などを図書館に籠って見つけては興奮し、それを自分の作品に応用できないかと思案していた。二十歳くらいである。そのときすでに僕は「自分の作品を作り生きていく」ということを決めていたはずだ。それ以外の思考をしたことがなかった。だから就職活動も一度もしたことがない。会社に勤めるということが全く想像できなかった。想像できないものは、しない。そのような行動指針であった。いま考えると冷や汗が少し出るが、当時の僕は当然だと思っていた。何も怖いものがなかった。無いのは金だけで、才能が無いかもしれないとも考えなかった。

卒業論文を書かなくてはいけない四年生になったとき、僕がふと考えたのはこれを卒業論文だけで終わらせたらもったいないということだった。半年間ほど力を入れて作品をつくるのだから、卒業論文をそのまま出版できるように、いっそのこと自家製本を作ってみようと思い立ったのだ。テーマははじめから路上生活者の家の調査と決めていたのでさっそく取材をし、写真集を研究し、編集方法などを見よう見まねで、セブンイレブンのカラーコピーとスプレー糊を駆使して、オールカラー二百頁の自家製本を一ヶ月で作り上げた。

その瞬間、大学から笑われても、出版社に持っていけばいいんだと思ったことを覚えている。自由な気持ちを獲得したのだ。いい点数なんか取る必要がないのだと思えた。ルールを破って写真集になっていたのだが、それで文句言われてもよかった。目的がはっきりしていれば、世間的にどんな状態にあっても気にすることはないと思えたのは、これらの大学時代の作品作りのおかげである。

大学を卒業後、師であった石山修武氏から電話がかかり、翌日から無償で氏の仕事場で働くことになった。大学院に行くお金が無かったからタダで行けて儲けたと思う一方、朝九時から夜十二時までタダ働きだったので不安でもあった。それでも石山氏の仕事の作り方は勉強になった。今でも脳裏に残っている。一年で出ることも決めていたので、翌年独立。坂口恭平事務所を立ち上げたのである。

とは言っても名ばかりで、結局は家賃を滞納しすぎてしまい、バイトをすることに。僕は築地市場へ向かった。そこであれば早朝仕事して、昼からは自分の仕事に邁進できると思ったからだ。しかし、築地の仕事はハードな肉体労働で、僕はお昼すぎに帰っても疲れてしまい、すぐに寝ていた。知らぬ間に、築地以外の時間に仕事ができなくなっていった。不安で躁鬱病の波もたびたび揺さぶられ、初めてカウンセリングを受けたりもした。そんな中、僕はもう一度、本を作るという目的を思い出し、築地が休みの間に、お金がないのでヒッチハイクで大阪と名古屋へ向かい、追加取材を行った。そして、オニに教えてもらったリトルモアに持っていったのである。

時々、ふっと暗くなったり、自分がこのような神経症なのは親のせいなのだと家で嘆いたりしていた。そんな姿はフーにしか見せていない。今でこそ、躁鬱王子なんて冗談を言っているが、当時の僕は自分の浮き沈みを人に見せることができなかった。隠れて家で落ち込んでいた。だからこそ、フーにはこの時期、大いに助けてもらった。どうにか自分を楽観視することができたのは、僕自身ではなくフーの視線から自分を眺めることがあったからだと思う。

貯金はもちろん0円。築地を辞めて新宿ワシントンホテルでラウンジのバイト。時給は千円。月収は一五万円ほどであったと思う。本が発売されたって、何も変わらないのである。初版分の印税は0円という契約を結んだのでお金も入ってこない。それで仕事が増えたというわけでもない。担当編集者である浅原さんに「まだバイトとかやめないでね」と念を押されたのを覚えている。ついつい調子に乗りそうになるが、出版されたらすぐに理解できた。これは長い道のりになりそうだと恐ろしくなったことを記憶している。

もちろん恐ろしいことばかりではなかった。0円ハウスを出版したこの年は、僕の考えていることが生まれてはじめて社会へ向けて発信されたわけで、ほとんど注目されることはなかったが、それでも何人かの理解者に巡り会えた。その人たちとは十年経った今でも継続している。

建築関係では全く理解してもらえなかったが、現代美術の分野では受け入れられたように思う。ホウ・ハンルゥとは、二〇〇一年の時点で出会っている。妻有トリエンナーレという芸術祭に、日記にも登場してくる写真家の中里和人さんが出品したいと提案し、僕がそのプレゼンテーションを構成した。最終審査まで行くことになり、中里さんが所用で面接に行けなくなり僕が急遽行くことになった。そこに僕は自家製の卒業論文を持っていったのだ。ホウ・ハンルゥはその本を発見すると丁寧に見てくれた。審査では落ちたのだが、連絡先が書かれた紙切れ一枚を手渡してくれたのだ。それを二〇〇四年に思い出して、紙を机の引き出しの奥から見つけ出し、パリへ行くことになったのだ。

0円ハウスはこうして、ホウの直感により、欧州で少しだけ受け入れられた。別にたくさん本が売れたわけではない。新聞に取り上げられたわけでも、賞を取ったわけでもない。でも不思議なもので、ホウの直感は、じわじわと世界中へ広がっていった。しかも、時間が経てば経つほど大きな効果をもたらしていった。青い表紙の0円ハウスは、僕のパスポートと化していくのである。これは不思議な実感であった。

日本では僕がやろうとしていることを受け入れる器が分かりにくかったのかもしれない。建築からもズレている。写真集といってもただの素人の写真である。後に近づいていく現代美術と建築の関係はまだ知り合ったばかりという状態だったので、日本では美術の世界でもほとんど受け入れられなかった。寄稿するほどの文章力も全く無いので書くこともできない。

そんな中、週刊朝日の副編集長矢部万紀子さんの対応は速かった。唯一、僕の仕事を全面的に興味持ってくれた人である。0円ハウスで僕が伝えきれなかったところを感じとってくれたような感じがした。後に、彼女が僕に「文を書く」という方法を教えてくれるようになっていく。矢部さんにもこの年に出会っている。僕の中では暗中模索の年で、ほとんど訳も分からず過ぎ去っていたのだが、振り返ってみると、この年を起点として僕は仕事を作り出す方法を見つけ出すようになっていった。

次の作品をどうすればいいのか苦悶している模様も日記には残っている。自費で雑誌を作ろうとしたり、写真集の二作目を作ろうとしたりと毎日どうにか行動しようとしている。四畳半歩き回っていた。

の家の居心地が悪すぎて、とにかくバイト以外の時間は外にいて、何か面白いものはないかと歩き回っていた。

お金には全くなっていない。そもそもお金にしようという考えが全くなかった。お金ならバイトで稼げるから問題がなかった。それよりも、自分独自の表現方法を見つけたいという欲望のほうが強かった。かつ、どこにも属さないほうがいいとも思っていた。写真集出したからといって日本の出版の世界にいるのも違うし、欧州の現代美術の分野だけで活動するのも退屈に見えた。じゃあどうするのかという具体的な答えはまだ見つかっていないが、はっきりとしていたことは僕は、自分が作るものよりも、毎日の日常のほうが面白いし、僕の周りにいる人間も含めて、それ自体が映画のように活き活きしているように見えていた。だからこそ、僕は日記を書きはじめた。僕が表現したいのがその当時まさに「坂口恭平のぼうけん」だったのだ。全くの無名の力だけ有り余っている坂口恭平という人間が、音楽や文学や映画に触れ、それを教えてくれる仲間たちと係わり合い、好きなお店の地図、それらが闊歩する、その空間そのものを僕は伝えたいと思っていた。映画を撮るのではなく、自らの生活自体を映画たらんとせよと感じ、毎日、必死こいて動いては人と出会い、話しかけては喧嘩していた。十年かかったが、ようやくはじまった気分である。

著者略歴

坂口 恭平〈さかぐち・きょうへい〉1978年、熊本市に生まれる。建築家・作家・絵描き・踊り手・歌い手。2001年、早稲田大学理工学部建築学科卒業。04年に路上生活者の住居を取材した写真集『0円ハウス』を発表。08年、隅田川に住む路上生活の達人・鈴木さんの生活を記録した『東京0円ハウス0円生活』を出版。10年、「都市の幸」をもとにお金を使わず生きる術を示した『ゼロから始める都市型狩猟採集生活』を出版。土地の私有制から自由な家として総工費2万6千円の「モバイルハウス」を完成させる。また、入学金、授業料を取らない私塾「零塾」を開校。11年の震災後、地元熊本に「新政府」を樹立し、初代内閣総理大臣に就任。首相官邸「ゼロセンター」に被災地の子供たちを受け入れる。12年刊行の『独立国家のつくりかた』は新政府樹立宣言の書として読まれ、6万部を超えるベストセラーに。同年、弾き語りアルバム『*Practice for a Revolution*』を発表、渋谷さくらホールのコンサートに600名超のファンが集う。同年、ワタリウム美術館で「坂口恭平・新政府展」を開催。13年に書き下ろし小説『幻年時代』、自身の双極性障害に向き合う『坂口恭平躁鬱日記』を発表。同年「暮らしの原点を問う一連の活動」に対して吉阪隆正賞を受賞。14年に『幻年時代』が熊日出版文化賞受賞。現在は書き下ろし小説「徘徊タクシー」ほか、「現実脱出論」「不安西遊記」など新作を準備している。

坂口恭平 著
坂口恭平のぼうけん　第一巻
さかぐち きょうへい の ぼうけん

坂口恭平 装画・挿絵
漆山雄宇 印刷設計

2014年2月25日　初版第1刷印刷
2014年3月15日　初版第1刷発行

発行者 豊田剛
発行所 合同会社土曜社 150-0033 東京都渋谷区猿楽町11-20-305
www.doyosha.com
印刷・製本 大日本印刷株式会社

The Adventures of Kyohei Sakaguchi

This edition published in Japan
by DOYOSHA in 2014

11-20-305, Sarugaku, Shibuya, Tokyo, JAPAN

ISBN978-4-907511-06-7　C0095
落丁・乱丁本は交換いたします